KB115165

레벨업 축구황제 2

리더A6 현대 판타지 소설

초판 1쇄 찍은 날 § 2021년 7월 28일
초판 1쇄 펴낸 날 § 2021년 8월 4일

지은이 § 리더A6
펴낸이 § 서경석

총괄팀장 § 노종아
편집책임 § 김범석
디자인 § 스튜디오 이너스

펴낸곳 § 도서출판 청어람
등록번호 § 제387-1999-000006호
등록일자 § 1999. 5. 31
어람번호 § 제1-3150호

주소 § 경기도 부천시 부일로 483번길 40 서경B/D 3F (우) 14640
전화 § 032-656-4452 팩스 § 032-656-4453
http://www.chungeoram.com
E-mail § chungeorambook@daum.net

ISBN 979-11-04-92372-2 04810
ISBN 979-11-04-92370-8 (세트)

[레벨이 올랐습니다.]

②

리더A6 현대 판타지 소설

레벨업
축구왕제

MODERN FANTASTIC STORY

목차

Chapter. 1

아르연 로번과의 식사를 마친 다음 날.

이민혁의 목적지는 이제 바이에른 뮌헨의 2군 훈련장이었다.

1군이 아닌 2군 훈련장이었지만 아쉽거나 서운한 건 없었다.

아마추어였다가 영입된 것이기에 2군행은 당연한 일이었다.

세계적으로 소문난 천재라면 모를까, 그 정도는 아니었으니까.

다만, 이민혁의 표정은 비장했다.

'감독님이 분명 곧 1군 훈련에 불러 준다고 했어. 하지만 2군에서 적응하지 못하는 모습을 보인다면 부를 명분이 없겠지.'

2군으로 온 건 당연한 일이지만, 이곳에 오래 머물 생각은 없다.

1군 맛을 못 봤으면 모를까, 꿀통을 맛봤기에 빨리 돌아가고 싶었다.

'1군 훈련에서 받았던 메시지들이 눈앞에 아른거리네.'

미친 수준의 메시지 폭탄과 경험치들.

이민혁은 그것들을 도저히 잊을 수가 없었다.

1군 선수가 되는 건 아니더라도 최소한 1군 훈련에는 하루빨리 참여하고 싶었다.

'연습경기가 그 정도였는데, 정식 경기에 출전하게 되면 과연 얼마나 많은 경험치를 받을까?'

기대가 될 수밖에 없었다.

그래서 우선 2군에서 빠르게 적응할 생각이었다.

더 나아가 2군에서 주전을 차지하고 좋은 모습을 보여 줄 생각이었다.

'여기서 좋은 모습을 보여서 펩 과르디올라 감독님이 날 부를 명분을 만들어야 해.'

바이에른 뮌헨 2군 훈련장에 도착한 뒤.

이민혁이 가장 먼저 만난 사람은 2군 감독이었다.

익숙한 얼굴이었다.

그럴 수밖에 없었다. 이곳에 오기 전 이미 인터넷에 검색을 해 보고 왔으니까.

2군 감독인 에릭 텐 하그는 40대 초반의 젊은 나이였고, 민머리가 잘 어울리는 멋진 남자였다.

'그러고 보니 바이에른 뮌헨의 감독님들은 다 대머리시네?'

에릭 텐 하그 감독은 이민혁을 반갑게 맞이해 줬다.

"반가워. 나는 바이에른 뮌헨의 리저브 팀을 이끌고 있는 에릭 텐 하그라고 하네."

"안녕하세요."

"펩 과르디올라 감독님에게 자네가 가진 재능이 대단하다는 이야기를 들었네."

"하하… 과찬이십니다."

"과찬이라니? 내가 아는 펩 과르디올라 감독님은 그런 말을 쉽게 내뱉으실 분이 아니야. 분명 자네에게서 가능성을 봤기에 내게 따로 연락하신 거겠지."

"…열심히 하겠습니다!"

"그래, 그래. 잘해 보자고! 마침 우리 리저브 팀의 측면공격 화력이 약한 편이었는데, 자네의 존재로 인해서 화력이 강해질 거라고 믿네. 그래도 우리가 바이에른 뮌헨의 리저브 팀인데 윙어가 약하다는 말은 듣지 않아야지."

이민혁은 에릭 텐 하그 감독의 기대를 저버리지 않아야겠다는 다짐을 하며, 선수들이 모여 있는 곳으로 발걸음을 옮겼다.

그런데.

2군 선수들의 분위기는 1군 선수들과는 완전히 달랐다.

비교적 반갑게 맞아주던 1군 선수들과는 달리, 2군 선수들에게선 경계 어린 시선이 느껴졌다.

전혀 반갑지 않다는 듯한 차가운 시선들.

어지간한 신입은 바로 위축될 만한 시선이었다.

하지만 이민혁은 대수롭지 않게 생각했다.

'뭐, 환영받지 못할 수도 있지.'

1군에 정착하여 여유가 있는 세계적인 선수들과, 그곳으로 올라가기 위해 죽을힘을 다해 노력하는 유망주들의 마인드가 같을 순 없는 거 아니겠는가.

　또한, 차라리 경계를 받는 게 나았다. 없는 사람, 만년 후보, 머저리 취급 같은 끔찍한 대우보다는 더 나았으니까.

　　　　　*　　　　　　*　　　　　　*

"훈련 시작!"

　바이에른 뮌헨의 리저브 팀.

　즉 2군 팀의 훈련은 1군 훈련과는 차이가 있었다.

　1군이 좀 더 세밀하고 강한 훈련을 한다면, 2군의 훈련은 큰 틀을 보며 약한 강도로 훈련이 진행됐다.

　코치의 말로는 어린 선수들이 다치지 않게 성장시키기 위함이라고 했다.

　물론 1군과 2군 훈련엔 공통점도 있었다.

　'다들 열심히네.'

　대부분의 선수가 최선을 다해서 훈련에 임한다는 것.

　실전인 것처럼 진지한 태도로 훈련에 임한다는 점이 같았다.

　그리고.

　이민혁 역시 훈련에 모든 걸 쏟아 냈다.

　"개운하네."

　오늘 처음으로 참여한 바이에른 뮌헨 2군 팀에서의 훈련이 모두 끝이 났다.

　이민혁은 이마에서 흐르는 땀을 닦아 냈다.

　동시에 그의 얼굴에 미소가 지어졌다.

한 가지 사실을 깨달았기 때문이었다.

'생각보다 엄청 대단하진 않네?'

2군 선수들의 실력이 1군 선수들에 비하면 한참 낮다는 것.

1군에서 느꼈던 벽이 여기서는 느껴지지 않았다는 것이다.

물론 바이에른 뮌헨의 2군 선수들은 전국고교축구대회에서 만났던 선수들보다는 뛰어난 실력을 지녔지만.

그렇다고 그들보다 훨씬 잘하는 건 또 아니었다.

의외로 전국고교축구대회 결승선에서 만났던 황희창이나 안수민과 같은 수준을 지닌 선수는 찾아보기 힘들었다.

끽해야 한두 명 정도?

물론 그 한두 명은 확실히 좋은 실력을 지녔지만, 역시나 벽은 느껴지지 않았다.

더구나 이민혁은 결승에서 황희창의 팀을 꺾어 내지 않았던가.

오늘도 그랬다.

이민혁은 2군 연습경기에서 패스를 거의 받지 못했음에도 기어코 측면을 돌파해 어시스트 한 개를 기록하는 것에 성공했고, 그가 속한 팀은 경기에서 승리했다.

'해 볼 만하겠어.'

직접 붙어 보니 자신감이 생겼다.

2군에서 살아남고 더 위로 올라갈 자신감이.

*　　　　*　　　　*

보글보글!

주방에서 무언가를 끓이는 소리가 났다.

잠에서 깬 이민혁은 재빨리 샤워를 마치고 식탁에 앉았다.

식탁엔 이미 아버지와 어머니가 앉아 계셨다.

"민혁아, 밥 먹자! 크~! 너희 엄마가 오늘 묵은지김치찌개 끓이셨다. 알지? 너희 엄마 김치찌개 솜씨 기가 막힌 거."

"민망하게 왜 이러실까? 민혁아, 잠은 잘 잤니? 얼른 앉아."

"옙! 잘 먹겠습니다!"

아침 식사가 이뤄지는 식탁의 분위기는 좋았다.

독일에 온 이후로 집 분위기는 항상 화목했다.

물론 이민혁의 아버지 이석훈과 어머니 최연희는 초반에 고생을 좀 하셨다.

언어가 통하지 않는 곳에서의 자영업은 정말 어려운 일이었으니까.

하지만 두 분은 독일어를 정말 열심히 공부하셨다.

때문에, 지금은 간단한 의사소통 정도는 하실 수 있게 됐다.

이건 분명 좋은 일이었다.

더 좋은 일도 있었다.

"어머니, 아버지, 요즘 장사는 어떠세요?"

"말도 마. 진짜 난리가 났어. 이야~! 이렇게 잘될 줄 알았으면 진작에 독일로 올 걸 그랬다니까?"

"민혁아, 너희 아빠 말이 맞아. 장사가 놀라울 정도로 잘되고 있어."

어머니와 아버지가 독일로 넘어와서 다시 시작하신 토스트

사업이 굉장히 잘되고 있다는 것.

이건 조금의 과장도 없는 사실이었다.

며칠 전, 훈련이 끝나고 부모님이 일하시는 토스트 가게에 들렀던 적이 있다.

그때, 이민혁은 깜짝 놀랐다.

'줄을 열 명이 넘게 서서 먹었었지 아마?'

부모님의 토스트 가게 앞에 긴 줄이 세워져 있었으니까.

'한국의 토스트가 독일 사람들한테도 인기기 많을 줄이야.'

기쁜 일이었고 감사한 일이었다.

걱정이 많으셨을 부모님의 일이 잘되어 가시는 것도, 그걸로 인해 부모님의 사이가 더욱 좋아지셨다는 것 모두.

"오늘도 골 넣을 생각이야?"

"예, 아버지. 오늘은 반 템포 빠른 슈팅으로 넣는 게 목표예요."

"우리 아들, 벌써 적응 다 했구만?"

"당연하죠. 누구 아들인데요."

"크흐! 내가 아들 녀석을 제대로 키웠다니까?!"

시간은 빠르게 흘렀다.

2군에서 첫 훈련을 하고 벌써 2주가 지났으니까.

그동안 이민혁의 일상은 항상 비슷했다.

부모님과 아침 식사를 하고, 피터의 차를 타고 2군 훈련장에 가는 것과.

훈련이 끝나면 남아서 추가 훈련까지 전부 끝낸 뒤에 집에 가는 것.

이게 전부였다.

한 가지 특별한 게 있다면, 일주일에 한 번씩 아르연 로번을 만나 맛있는 밥을 얻어먹고 조언을 듣고 있다는 것 정도?

"다녀오겠습니다!"

숙소를 나선 이민혁은 시간 맞춰 데리러 온 피터의 차에 올라탔다.

"피터, 좋은 아침이에요."

"좋은 아침입니다. 오늘 컨디션은 어때요?"

"늘 그랬듯 좋죠. 잠도 푹 잤고, 밥도 든든히 먹었어요."

"요즘 보기 좋아요. 팀에 적응도 거의 다 하신 것 같더라고요? 처음엔 선수들이 견제도 많이 했는데, 요즘엔 그런 것도 별로 없어 보이고요."

"그렇죠. 분위기가 많이 나아졌어요."

이민혁은 피터의 말에 고개를 끄덕였다.

피터는 가장 최측근이자, 통역 역할 때문에 훈련 때마다 늘 옆에 붙어 있는 사람이었다.

요즘 들어 바뀐 분위기를 느끼지 못했을 리가 없다.

'확실히 나아졌지.'

처음과 다르게 2군 선수들에게서 느껴지던 경계심이 조금은 덜해졌다.

아직도 패스는 많이 오지 않지만, 확실히 처음보다는 나았다.

그러다 보니 자연스레 이민혁의 활약도 늘어 갔다.

'조만간 기회를 얻을 수도 있겠어.'

바이에른 뮌헨의 2군 팀은 현재 2013/14시즌을 진행 중이었다.

하지만 이민혁은 아직 출전 기회를 얻지 못했다.

에릭 텐 하그 감독의 말로는 팀의 전술을 익힐 시간과 동료들과의 호흡이 맞을 때까지의 시간이 필요하다고 했다.

그 시간이 필요하기에 출전이 미뤄지는 것이라고 했다.

틀린 말이라는 생각은 별로 들지 않았다.

실제로 초반의 이민혁은 팀에서 견제를 당하고 전술에 적응하느라 좋은 활약을 하지 못했었으니까.

다만, 이젠 다르다.

팀에 적응도 거의 끝났고, 연습경기 때마다 최고의 활약까지는 아니어도 공격포인트를 자주 만들어 냈다.

분명 만족스러운 변화였다.

그러나 아쉬움도 있었다.

레벨이 오르지 않았다는 것이다.

2주가 넘었는데 아직도 레벨업을 하지 못했다.

그렇다고 경험치를 못 얻었냐면 그것도 아니다.

분명 공격포인트를 기록할 때마다 경험치가 올랐다는 메시지는 떠올랐음에도 무슨 락이라도 걸린 것처럼 레벨은 오르지 않았다.

'2군 훈련이어서 그런가……? 아니면 원래 40레벨을 만들기 어려운 건가? 에이, 오를 때가 되면 오르겠지.'

최대한 긍정적으로 생각하기로 하며 차에서 내렸다.

그때, 커다란 목소리가 들렸다.

"오늘도 화이팅입니다!"

피터의 응원이었다.

"화이팅!"

이민혁은 웃으며 대답한 뒤, 바이에른 뮌헨의 2군 훈련장으로 걸어 들어갔다.

'오늘도 잘해 보자.'

훈련은 평소처럼 펼쳐졌다.

기본기 프로그램과 체력, 드리블, 스피드 훈련이 진행됐다.

그런데.

오늘 이민혁의 움직임이 유난히 가벼웠다.

모든 훈련 프로그램이 평소보다 쉽게 느껴졌다.

이후에 펼쳐진 연습경기에서도 이민혁은 평소보다 더 좋은 활약을 펼쳤다.

슈팅이 유난히 잘 맞았고, 예리한 슈팅 스킬 효과까지 발동돼서 2골이나 기록한 것이다.

더구나 예리한 패스 스킬도 터지면서 어시스트까지 하나 추가했다.

총 3개의 공격포인트를 기록했고.

에릭 텐 하그 감독과 코치들은 저 멀리서 기립 박수를 보내고 있었다.

"민혁! 오늘 제대로 크레이지 모드네!"

"점점 적응하더니 이젠 그냥 미쳐 날뛰는구나?"

"좋았어! 쭈우우욱~! 오늘처럼만 해 주게!"

여러모로 운수 좋은 날이었다.

그리고… 모든 훈련이 끝났을 때.

이민혁은 마침내 에릭 텐 하그 감독의 입에서 기다리던 말을 들을 수 있었다.

"민혁, 축하한다! 다음 경기에 왼쪽 윙어로 데뷔하게 될 거야."

*   *   *

이민혁이 바이에른 뮌헨 리저브 팀의 다음 경기 명단에 이름을 올렸을 때.

가장 먼저 축하해 준 사람은 피터였다.

"이민혁 선수! 정말, 정말, 정말 축하해요! 드디어 첫 발걸음을 내딛는군요!"

"감사합니다. 피터의 도움이 없었으면 적응하기 힘들었을 거예요."

이민혁은 피터에게로 공을 돌렸다.

실제로 피터의 통역 실력은 대단한 수준이었고, 팀에 적응하는 데에 너무나도 큰 도움이 됐으니까.

피터는 쑥스러운 표정으로 눈썹을 긁적였다.

"에이, 제가 뭘 한 게 있다고요… 이민혁 선수가 잘했으니까 이렇게 빨리 기회를 얻게 된 거죠. 그나저나 에릭 텐 하그 감독이 다음 경기에 출전할 거라고 말했을 때, 전 진짜 눈물 날 뻔했다니까요?"

"하하… 1군에 들어간 것도 아닌데, 울긴 왜 울어요."

"그러니까요. 1군에 들어간 게 아닌데, 울컥하더라니까요? 저도 신기했어요."

이민혁이 민망하게 웃으며 피터의 차에 올라탔다.

1군에 들어간 것도 아니고 2군에서 출전 기회를 얻게 된 것뿐이다.

이것 역시 대단한 일일 수도 있지만, 더 높은 곳을 바라보고 있기에 덤덤할 수 있었다.

당연히 눈물이 나올 일은 아니라고 생각했다.

그런데, 부모님의 마음은 다른 모양이었다.

"어흐흑! 여보, 우리 민혁이가 드디어 경기에 출전한대요!"

"나도 들었어요. 정말 이런 날이 오긴 오네요……."

어머니 최연희와 아버지 이석훈은 서로를 끌어안고 눈물을 흘리며 좋아하셨다.

이민혁이 곧 경기에 출전하게 되었다는 사실을 말한 직후에 일어난 일이었다.

'더 열심히 해야겠네.'

지금 이 순간, 이민혁은 다짐했다.

2군 경기에 출전하게 된 것만으로도 이렇게 좋아하시는 부모님에게.

하루빨리 1군 경기에 출전하는 모습을 보여 드리겠다고.

더 나아가 멋진 공격포인트를 기록하는 모습까지 보여 드리겠다고.

*　　　　　*　　　　　*

다음 날.

이민혁은 약속에 늦지 않기 위해 훈련이 끝나자마자 뮌헨에 위치한 식당으로 향했다.

2군 경기에 데뷔하게 되었다는 소식을 듣자마자 밥을 사 주겠다는 아르연 로번과의 약속이었다.

"이민혁 씨, 맞나요?"

"예, 맞습니다."

미리 예약이 되어 있었는지 이민혁이 식당 안으로 들어가자마자 종업원이 식당 한편에 있는 방으로 안내했나.

의자에 앉아서 조금 기다리자 아르연 로번이 방문을 열고 들어왔다.

"민혁! 오랜만이야. 아니지, 며칠 전에 봤으니까 오랜만은 아닌가?"

"그건 잘 모르겠지만, 확실한 건 로번을 더 빨리 보고 싶었다는 거예요."

"크흐! 그것참 반가운 말이군. 그나저나 요즘 2군에서 잘했나 봐? 이렇게나 빨리 데뷔를 할 줄은 몰랐는데."

"다 로번이 맛있는 음식을 사 주고, 멋진 조언을 해 준 덕분이죠."

"근데 이거 배신인 거 알지? 나한텐 그냥 열심히 적응하고 있다고만 말해 놓고, 알고 보니 2군에서 눈에 띄게 잘하고 있었다는 거잖아?"

아르연 로번이 장난스럽게 웃으며 이민혁을 흘겨봤고.

이민혁도 웃으며 해명을 했다.

"죄송해요. 로번 앞에서 축구 잘하고 있다는 말은 차마 할 수 없더라고요. 한국에선 그럴 때 '번데기 앞에서 주름 잡는다'라고 말하거든요."

"한국엔 그런 말도 있구나? 근데 그래도 말은 해 줬어야지. 나와 비교할 필요는 없어. 난 지금 28세야. 전성기를 맞은 나이지. 반면에 너는 이제 겨우 17세잖아? 네가 내 나이가 되면 훨씬 더 대단한 선수가 되어 있을 수도 있는 거야."

"…다음부턴 바로 말씀드릴게요."

"그래, 그럼 됐어."

계속해서 이야기를 나누고 있을 때, 종업원이 음식을 들고 왔다.

이민혁의 눈이 커졌다.

만화에서나 볼 법한 비주얼을 가진 요리가 나왔으니까.

"우와! 이게 뭐예요?"

"슈바이네학센이라는 돼지 다리 요리야. 아주 훌륭한 요리지. 이 요리는 어지간해선 취향이 갈리지 않아서 네 입에도 잘 맞을 거야."

아르연 로번의 말처럼 음식은 이민혁의 입에 잘 맞았다.

한국에서 먹던 돼지족발과는 다른 맛이었다. 겉이 바삭하고 속은 촉촉한 느낌이랄까?

한데, 아르연 로번은 음식을 먹으면서도 뭔가 아쉬운 듯했다.

"로번, 무슨 일 있어요?"

"하… 독일이 맥주로 유명한 거 알지?"

"예. 들어 봤어요."

"이 슈바이네학센은 독일 맥주랑 먹으면 그야말로 천상의 맛이거든. 근데 차를 가져와서… 에휴!"

아르연 로번은 음식을 먹으면서도 계속해서 고개를 저었다.

맥주를 먹지 못한다는 게 많이 아쉬운 모양이었다.

어느 정도 배가 찼을 때쯤, 두 남자는 늘 그랬던 것처럼 축구와 관련된 대화를 시작했다.

"고민 중이에요. 데뷔전에 안전한 플레이를 해야 할지, 아니면 과감하게 플레이를 하는 게 나을지 판단이 잘 안 되더라고요."

이민혁은 고민을 털어놓았다.

아르연 로번은 잠시 생각에 빠지더니, 이윽고 입을 열었다.

"민혁, 내가 너라면 어떻게든 임팩트 있는 모습을 보여 주는 것에 집중할 것 같아. 훈련 때만이 아니라 실전에서도 날뛸 수 있는 재능이라는 걸 감독에게 알려 주기 위함이지. 그렇다고 팀 플레이를 신경 쓰지 말라는 얘긴 아니야. 너에게 확실한 공격 기회가 왔을 때, 절대 양보하지 말고 직접 해결하라는 말이지. 또, 경기 내내 자신감을 지니고 있어야 해. 항상 네가 최고라는 생각으로 뛰면 중요한 순간에 용기를 낼 수 있을 거야."

"…감사합니다. 정말 많은 도움이 됐어요."

이민혁의 표정이 한결 밝아졌다.

막혀 있던 문제를 풀어 낸 기분이었다.

그때였다.

아르연 로번이 다른 질문을 던졌다.

"포지션은 당연히 윙어겠지?"

"예. 왼쪽 윙어로 출전하게 됐어요."

"그래, 왼쪽 윙어구나… 응? 잠깐만, 왼쪽 윙어라고? 오른쪽이 아니고?"

"…예. 왜요?"

"그걸 왜 지금 말해? 내가 도와줄 수 있는 부분이 있었을 텐데!"

"예? 아니, 어차피 로번은 오른쪽 윙어잖아요?"

"내가 예전엔 왼쪽에서도 많이 뛰었던 윙어라는 거 몰랐어? 그래, 모를 수도 있지. 아오! 이번에 왼쪽에서 뛰는 걸 알았으면 식당에서 만날 게 아니라 우리 집 공터에서 만났을 건데! 아니다, 지금이라도 가자!"

아르연 로번이 자리에서 벌떡 일어났다.

그걸로도 모자라 빨리 가야 한다고 이민혁을 재촉했다.

'…이게 무슨 일이야?'

*　　　　　*　　　　　*

이민혁은 피터의 차를 타고 아르연 로번의 집으로 부리나케 달려갔다.

아르연 로번의 집은 대저택이었다.

역시 세계적인 선수의 집이었기 때문일까?

정말 으리으리했다.

이 넓은 집엔 간단한 훈련을 할 수 있는 공터도 있었다.

그리고.

어느새 운동복으로 갈아입은 로번이 다가왔다.

"간단하게 몸 풀자."

"…아, 예."

이민혁은 어리둥절했지만 우선 아르연 로번과 함께 스트레칭을 하며 몸을 풀었다.

이미 운동복을 입고 나온 상태였기에 따로 옷을 갈아입을 필요는 없었다.

스트레칭을 마친 뒤, 아르연 로번은 진지한 얼굴보 설명을 시작했다.

"어차피 어느 발을 주로 쓰냐에 따라 다를 뿐, 윙어의 개념은 오른쪽이냐 왼쪽이냐 상관없이 똑같아. 풀백을 뚫어 내고 크로스를 올리든, 직접 슈팅을 때리든, 아니면 더 깊숙이 침투해서 기회를 만들어 내든 다 비슷하다는 거야."

이민혁이 고개를 끄덕였다.

로번의 말엔 틀린 부분이 없었다.

타만, 의아한 점이 있었다.

"저한테 어떤 걸 가르쳐 주실 생각이에요?"

어떤 걸 가르쳐 주기 위해 이곳에 불렀냐는 것.

이민혁은 그게 궁금했다.

로번의 대답은 빠르게 나왔다.

"내 시그니처 무브가 뭔지 알고 있어?"

아르연 로번의 시그니처 무브?

당연히 알았다.

모를 수가 없었다.

매크로라고도 불리는, 세계적으로도 유명한 패턴이었으니까.

"측면에서 안쪽으로 파고들면서 왼발로 감아 차는 슈팅을 때리는 거… 말씀하시는 건가요?"

"맞아. 잘 알고 있네. 그 시그니처 무브를 너한테 가르쳐 줄 생각이야. 데뷔전에서 임팩트 있는 모습을 보여 줘야 할 거 아니야?"

"예? 그게… 배울 수 있는 거예요?"

이게 무슨 말인가?

시그니처 무브를 가르쳐 준다니!

물론 영광이었다. 말도 안 되는 기연이었다.

하지만.

가르쳐 준다고 배울 수 있는 기술이 아니라는 생각이 들었다.

배운다고 다 할 수 있으면, 누구나 아르연 로번의 하이라이트 영상을 보고 똑같이 따라 했어야 정상인데, 그렇게 못 하지 않는가.

아르연 로번의 시그니처 무브는 그였기에 할 수 있는 플레이였다.

그런데.

로번은 그렇게 생각하지 않는 것 같았다.

"배울 수 있어. 물론 재능이 있어야 하지만 내가 본 너는 충분히 재능이 있어. 그리고, 꼭 나의 시그니처 무브를 배우지 못하더라도 괜찮아. 수비수와의 일대일 상황에서 이길 수 있는 법이라도 알려 줄 테니까."

아르연 로번은 놀라울 정도로 긍정적이었다.

그리고… 이상할 정도로 이민혁의 재능을 높이 평가하고 있는 것처럼 보였다.

"저… 경기가 이틀밖에 안 남았는데요?"

"그게 뭐?"

"배우기엔 기간이 너무 짧지 않나요?"

"충분해. 경기 전날까지 훈련 끝나면 매일 나한테 찾아와. 최대한 열심히 알려 줄 테니까. 피터, 민혁을 데리고 와 줄 수 있죠?"

"예, 어렵지 않죠. 저희 선수를 이렇게 도와주시는 것에 감사할 뿐입니다."

피터……? 난 대답도 안 했는데?

이민혁은 차마 속에 있는 말을 꺼내지 못했다.

피터도 그렇고, 아르연 로번의 눈이 열정으로 불타고 있었으니까.

"그렇다면 감사히 배우겠습니다."

그걸로 끝이었다.

곧바로 아르연 로번의 축구 강의가 시작됐다.

"방금은 기다렸어야지! 공격을 할 때 절대 급할 필요 없어. 오히려 급한 건 수비수야. 넌 그냥 수비수의 발이 나올 때까지 기다리면 돼. 수비수의 발이 나오는 타이밍에 맞춰서 치고 나가면, 수비는 중심을 잃을 수밖에 없어. 물론 계속해서 페인팅을 줘야겠지만. 자! 다시 해 봐."

가르침을 받으면서도 이민혁의 마음엔 확신이 없었다. 이렇게 짧은 시간에 무언가를 배워서 경기에 써먹을 수 있다는 건 아르연 로번 같은 천재나 가능한 게 아닐까? 하는 생각이 들었으니까.

자신은 천재가 아니었으니까.

그런데.

"이게… 되네요?"

놀랍게도 몇 번 해 보니 조금이지만 흉내를 낼 수 있게 됐다.

한데, 아르연 로번도 놀란 것 같았다.

"그… 러네? 진짜 되네?"

"예? 될 거라고 하셨잖아요?"

"이렇게 빨리 될 줄은 몰랐지. 민혁, 너 설마 천재였어?"

"천재요? 제가요? 그럴 리가요."

이민혁이 손사래를 쳤다.

천재라니! 가당치도 않았다. 자신이 만약 천재였다면 만년 후보라는 말과 머저리라는 말을 들으며 살아왔겠는가.

그런데 이때, 한 가지 생각이 스쳐 지나갔다.

'설마… 축구 재능 스킬 때문인가?'

레벨이 30이 되었을 때 얻은 '축구 재능' 스킬.

그 스킬의 효과 때문이 아닐까? 하는 생각이었다.

[축구 재능]
유형: 패시브

효과: 축구 실력이 빠르게 좋아집니다.

효과를 확인해 본 결과, 충분히 일리가 있었다.

아니, 이게 아니라면 도저히 말이 되질 않았다.

'생각보다 더 좋은 스킬이었잖아?'

이민혁은 새삼 '축구 재능' 스킬의 효과에 감탄하며, 아르연 로번의 가르침에 집중했다.

확실히 배우는 대로 습득되는 게 느껴지니 로번과의 시간이 너무 즐거웠다.

아르연 로번의 강의는 1시간이 지난 뒤에야 끝이 났다.

그런데 이때.

"…어?!"

이민혁의 눈앞에 메시지가 떠올랐다.

[퀘스트를 완료하셨습니다!]
[퀘스트 내용: 세계적인 선수 아르연 로번에게 가르침을 받으세요.]
[보상으로 경험치가 대폭 증가합니다.]

메시지를 본 지금, 이민혁은 생각했다.

이거… 잘하면 데뷔전을 치르기 전까지 40레벨을 만들 수도 있겠다고.

더불어.

새로운 스킬을 얻을 수도 있겠다고.

이민혁은 다음 날도 훈련이 끝나자마자 아르연 로번의 집을 방문했다.

아르연 로번은 전날에 그랬던 것처럼 성심성의껏 꿀팁들을 알려 줬다.

윙어로서 측면에서 풀백을 상대로 성공률 높은 돌파를 하는 법, 심리전, 슈팅하기 좋은 타이밍, 좋은 슈팅을 때리는 방법 등을 배웠다.

꿈만 같은 시간이었다. 아르연 로번에게 받는 일대일 과외라니.

또, 즐거웠다. 원래도 축구를 좋아했지만, 요즘엔 '살면서 이 정도로 축구가 즐거웠던 적이 있었나?'라는 생각이 들 정도였다.

당연하게도 도움도 많이 됐다.

족집게 과외를 받으면 이런 느낌일까? 싶을 정도로 머리에 쏙쏙 들어오고 몸에 빠르게 체득됐다.

정말… 아르연 로번에겐 절을 수백 번을 해도 모자랄 정도로 고마웠다.

반면, 매니저 피터에겐 미안했다.

낮에는 통역을 하고 저녁엔 훈련이 끝난 이민혁을 픽업하는 역할을 해야 했으니까.

이민혁은 고생하는 피터에게 항상 감사하다는 말을 했지만, 그래도 미안한 건 어쩔 수 없었다.

그럴 때마다 피터는 유쾌하게 얼른 훌륭한 선수가 돼서 부자가 되게 해 달라는 말로 대신했다.

'피터, 꼭 부자 되게 해 드릴게요.'

성공해야 할 이유가 추가된 지금, 이민혁은 더욱 집중력을 높였다.

아르연 로번의 말과 행동 중 이해가 안 되는 부분이 있으면 쏙쏙 나시 물어봤고, 배운 건 될 때까지 연습했다.

"민혁, 이럴 땐 어떻게 하면 되냐면 왼쪽으로 갈 것처럼 페인팅을 주고 바로 반대쪽으로 방향을……."

"이렇게요?"

"오! 이걸 바로 따라한다고? 민혁, 너 천재라니까?"

"…절대 아니에요."

"보면 볼수록 참 겸손한 친구라니까."

"그런 게 아닌데……."

두 남자는 계속해서 훈련에 몰두했고 시간은 빠르게 지나갔다.

"민혁! 수고했어."

"정말 감사해요. 로번은 정말 제 은인이에요."

"은인은 무슨… 너만 괜찮으면 앞으로도 일주일에 한 번 정도는 모이자. 전처럼 밥만 먹는 게 아니고, 축구도 가르쳐 줄게."

"예? 오늘처럼 로번의 집에서요?"

"응. 넌 괜찮아?"

"전 너무 좋죠! 완전 영광이에요."

이전과 달리 일주일에 한 번 정도 밥만 먹는 게 아니고, 축구도 가르쳐 준다는 제안.

이민혁으로선 거절할 이유가 없었다.

이건 무조건 잡아야 하는 기회였다.

"조심히 들어가."

"쉬세요, 로번! 오늘도 너무 감사했습니다!"

"자주 보자고!"

이민혁은 피터의 차를 타고 로번의 집을 빠져나왔다.

그때였다.

드디어 기다리던 일이 펼쳐졌다.

'메시지가 드디어 나오네.'

퀘스트 관련 메시지들.

그것들이 이민혁의 눈앞에 떠오르고 있었다.

[퀘스트를 완료하셨습니다!]

[퀘스트 내용: 세계적인 선수 아르연 로번의 기술을 배우세요.]

[보상으로 경험치가 대폭 증가합니다.]

[레벨이 올랐습니다!]

[레벨 40을 달성하셨습니다!]

[스킬이 지급됩니다.]

['바디 밸런스'를 습득하셨습니다.]

*   *   *

40레벨을 달성한 지금.

'바디 밸런스라고?'

이민혁은 가장 먼저 새로 얻은 스킬의 정보를 확인했다.

[바디 밸런스]

유형: 패시브

효과: 쉽게 넘어지지 않고, 넘어져도 금방 일어날 수 있게 됩니다.

효과를 이해하는 건 어렵지 않았다.

축구를 할 때면, 상대와 몸싸움하는 상황이 나올 수밖에 없고 그럴 때 넘어지지 않고 버틸 수 있는 스킬인 것 같았다.

또한, 넘어졌을 땐 재빨리 일어나서 뛸 수도 있을 것 같고.

물론 직접 사용해 보며 몸으로 느껴 봐야 알겠지만, 그래도 이민혁은 알 것 같았다.

이 스킬의 효과가 얼마나 대단할지를.

'스탯 포인트는……'

이민혁은 이어서 스탯 포인트를 사용했다.

올릴 능력치는 최근 들어 중요성을 깨닫게 된 '민첩'이었다.

[스탯 포인트 2를 사용하셨습니다.]

[민첩 능력치가 2 상승합니다.]

[현재 민첩 능력치는 68입니다.]

'좋아. 준비는 끝났어.'

이민혁의 입가에 미소가 지어졌다.

내일 펼쳐질 리저브 팀 경기에서 좋은 경기력을 보여 줄 준비는 끝났다.

이제 경기에서 모든 걸 쏟아 내면 된다.

다음 날.

이민혁은 바이에른 뮌헨 2군 팀 버스에 올라탔다.

이곳에 온 이후로 처음 타 본 버스였다.

그동안 명단에 이름을 올린 적이 없어서 동료들이 버스에 타는 걸 구경만 해 왔지만, 오늘은 다르다. 이젠 이곳에 자신의 자리가 있다.

지정 자리는 없어서 그냥 빈자리에 가서 앉았다.

'한국에서 탄 버스보단 편하네. 그래도 바이에른 뮌헨의 버스는 다르다는 건가?'

기분 탓인지는 몰라도 착좌감은 좋았다. 마음만 먹으면 5분 안에 잠을 잘 수 있을 정도로.

2군 선수들은 별로 말이 없었다. 대부분 각자 귀에 이어폰을 꽂고 음악을 듣거나 잠을 잤다.

물론 다 그런 건 아니었다.

"오우!"

입으로 효과음을 내 가며 축구 영상을 보는 선수도 있었고.

"제발… 이번에는 실수하면 절대 안 돼! 저번 같은 실수는……."

잔뜩 긴장한 얼굴로 혼잣말을 끊임없이 중얼거리는 선수도 보였다.

'전체적으로 유쾌한 분위기는 아니네.'

이민혁은 이곳을 하루빨리 벗어나야겠다는 생각을 다시 한번 각인시키며, 천천히 눈을 감았다.

조금 뒤에 있을 전쟁을 위해서 휴식을 취해야 했다.

얼마나 잤을까?

"다들 일어나! 도착했어!"

'…도착했다고?'

이민혁은 코치의 목소리를 듣곤 눈을 떴다.

주변을 보니 다른 선수들도 막 잠에서 깨서 몸을 일으키고 있었다.

이후, 차에서 내려서 조금 이동하니 오늘 경기를 할 경기장이 보였다.

'괜찮네.'

경기장은 바이에른 뮌헨 1군 훈련장에 비하면 구식이었지만, 어지간한 한국의 고등학교 대회 경기장보다는 훨씬 나아 보였다.

경기장엔 홈팀 선수들이 먼저 몸을 풀고 있었다.

바이에른 뮌헨 2군 선수들이 상대하게 될 팀은 SV 빅토리아 아샤펜부르크.

흔히 아샤펜부르크라고 불리는, 독일 4부 리그의 팀이었다.

'4부 리그 선수들의 실력은 어느 정도일까?'

이민혁은 호기심이 담긴 눈으로 상대 선수들을 바라봤다.

상대의 실력을 아예 예상할 수 없는 건 아니었다.

그가 소속되어 있는 바이에른 뮌헨 2군 팀 역시 현재 독일 4부 리그 소속이었으니까.

그렇지만 조금은 다르다. 바이에른 뮌헨 2군 팀은 독일 4부 리그에서 현재 1위를 달리고 있는 팀이었으니까.

반면, 아샤펜부르크는 리그 최하위에 랭크된 팀이었다.

'붙어 봐야 알겠지.'

이민혁이 몸을 풀며 마음을 다잡았다.

'로번이 항상 자신감 있게 하라고 했지?'

아르연 로번은 이민혁에게 말했다.

상대가 누구든지 항상 자신감 있게, 스스로가 최고라고 생각하고 경기에 임하라고.

그러면 없던 기회도 만들 수 있을 것이고, 중요한 순간에서도 떨지 않고 최고의 플레이를 펼칠 수 있을 거라고.

'해 보자.'

이민혁의 눈빛이 변했다.

상대의 실력이 어떻든, 자신이 할 수 있는 최고의 플레이를 자신감 있게 펼치겠노라 다짐했다.

그리고 지금.

스윽!

주심이 호루라기를 입에 물었다.

　　　　　*　　　　　　*　　　　　　*

　이민혁은 바이에른 뮌헨 2군 팀에서 훈련하며 느낀 게 있었다.

　우선 선수 개인의 능력은 놀라울 정도로 뛰어나진 않다는 것이었다.

　일례로 전국고교축구대회 결승에서 만났던 황희창이 이곳으로 왔다면, 팀의 에이스가 될 것 같았다.

　물론 팀에 적응했다는 조건이 붙어야 하겠지만 말이다.

　그러나.

　바이에른 뮌헨 2군 팀은 절대 무시할 수 있는 팀이 아니었다.

　비록 선수 개인의 능력은 놀라울 정도는 아니지만, 팀 자체의 강함은 전국고교축구대회에 나온 팀들과 크게 차이가 났으니까.

　말 그대로 수준이 달랐다.

　팀의 전술과 그에 맞춰 움직이는 선수들의 전술 이해도의 수준이 국내 고등학교 팀들과는 비교도 할 수 없을 정도로 높았기 때문이었다.

　만약 바이에른 뮌헨 2군 팀이 국내 전국고교축구대회에 나갔다면 압도적인 경기력으로 우승을 했을 거라는 생각이 들 정도였다.

　'경기 시작하겠네.'

이민혁이 집중력을 끌어올렸다.

오롯이 경기에만 집중했다.

지금 그의 시선이 향한 곳엔 호루라기를 입에 문 주심의 모습이 보였다.

주심의 볼이 빵빵하게 부풀어 올랐고, 이내 바람이 빠지며 경기장에 커다란 호루라기 소리가 울려 퍼졌다.

삐이이이익!

경기가 시작됐다.

선공을 잡은 팀은 홈팀인 아샤펜부르크였다.

아샤펜부르크는 후방으로 공을 돌리며 천천히 빌드업을 쌓아나갈 준비를 했고.

바이에른 뮌헨 2군 팀은 서서히 전진하며 아샤펜부르크를 압박하기 시작했다.

그리고.

지금, 이민혁에겐 먼저 해야 할 일이 있었다.

현재 눈앞에 떠오르고 있는 메시지들을 확인하는 것이었다.

[퀘스트를 완료하셨습니다!]

[퀘스트 내용: 독일 4부 리그인 바이에른 레기오날리가에 출전하세요.]

[보상으로 경험치가 대폭 증가합니다.]

[퀘스트를 완료하셨습니다!]

[퀘스트 내용: 독일 4부 리그인 바이에른 레기오날리가에 선발로 출전하세요.]

[보상으로 경험치가 대폭 증가합니다.]

[퀘스트를 완료하셨습니다!]

[퀘스트 내용: 바이에른 뮌헨 소속으로 경기에 출전하세요.]

[보상으로 경험치가 대폭 증가합니다.]

[레벨이 올랐습니다!]

'역시!'

씨익!

이민혁이 웃음을 흘렸다.

어느 정도 예상은 했지만, 역시 엄청난 경험치를 받았다.

단숨에 레벨이 오를 정도로.

'빠르게 올리자.'

경기가 시작된 상황이기에 메시지를 오래 보고 있을 시간은 없다.

서둘러 스탯 포인트를 사용해야 했다.

[스탯 포인트 2를 사용하셨습니다.]

[민첩 능력치가 2 상승합니다.]

[현재 민첩 능력치는 70입니다.]

민첩 능력치의 앞 자릿수가 6이 아닌 7로 바뀐 지금.

이민혁은 확연히 달라짐을 체감하며 상대 윙어를 향해 달려들었다.

"흡!"

갑자기 빠른 속도로 달려드는 이민혁을 본 아샤펜부르크의 오른쪽 윙어의 얼굴엔 당황한 감정이 드러났다.

이때, 이민혁의 머릿속엔 아르연 로번의 가르침이 떠올랐다.

'4부 리그에서 뛰는 윙어라면 네가 기습적으로 속도를 내면서 압박하면 놀라서 탈압박을 할 생각을 못 할 거야. 그때 상대가 할 수 있는 건 주변에 있는 동료한테 다급하게 패스하는 거밖에 없어. 넌 그 타이밍을 노리면 돼.'

아르연 로번의 말은 틀리지 않았다.

이민혁이 빠르게 달라붙자, 아샤펜부르크의 윙어 케넨은 당황하며 동료를 찾았다. 이어서 가장 가까이에 보이는 동료를 향해 패스를 뿌리려고 했다.

그리고.

이민혁은 케넨의 움직임을 전부 보고 있었다.

상대가 예상대로 움직여 주고 있었고, 어디로 패스를 할지 뻔히 보이는 상황이었다.

'지금!'

이민혁은 케넨이 동료에게 패스하려던 타이밍에 맞춰 땅을 박차고 몸을 날렸다. 타앗! 발을 쭈욱 뻗어 케넨이 패스하려던 방향으로 뻗었다.

좌좌좌작!

몸이 잔디에 쓸리며 앞으로 뻗어 나갔고, 케넨이 뿌려 낸 공은 이민혁의 다리에 걸렸다.

툭—

정확한 타이밍에 나온 슬라이딩태클이었다.

'진짜 되네.'

케넨에게서 공을 뺏어 낸 이민혁이 바닥을 짚고 재빨리 몸을 일으켰다.

그런데.

몸이 일으켜지는 속도가 너무 빨랐다.

자신이 펼친 움직임에 당황할 정도로.

'이 미친 탄력은 뭐야?'

이민혁의 눈이 커졌다.

이때 머릿속에 한 가지 정보가 스쳐 지나갔다.

새로 얻은 스킬에 대한 정보였다.

[바디 밸런스]

유형: 패시브

효과: 쉽게 넘어지지 않고, 넘어져도 금방 일어날 수 있게 됩니다.

40레벨이 되었을 때 얻은 바디 밸런스 스킬.

이 스킬의 진가를 조금이나마 알게 된 순간이었다.

　　　　*　　　　*　　　　*

　슬라이딩태클로 아샤펜부르크의 윙어 케넨의 공을 뺏어 낸 이후.

　이민혁이 몸을 일으키는 동작은 매우 빨랐다.

　마치 눌렸다가 튀어 오르는 용수철이 떠오를 정도로.

　'역시 좋은 스킬이었어.'

　이 움직임은 바디 밸런스 스킬의 효과일 거라는 생각이 들었다.

　더불어 민첩을 올린 효과일 수도 있다는 생각도 들었다.

　'민첩이 70이 된 영향도 없진 않을 것 같은데… 정확하겐 모르겠지만, 어찌 됐든 이건 대박이야!'

　이민혁은 이전보다 훨씬 좋은 움직임을 펼칠 수 있게 됐다는 것에 기뻐했다.

　하지만 기뻐하는 것도 잠시, 경기에 집중했다. 곧바로 공을 몰고 전진했다. 상대 윙어의 공을 뺏어 낸 지금, 역습을 하기엔 최적의 상황이었다. 이민혁은 턱을 들고 주변 선수들의 움직임을 최대한 살피며 드리블했다. 이때, 상대 풀백이 빠르게 뛰어오는 게 보였다. 달려오는 상대 풀백의 스피드는 빨랐다.

　다만, 크게 신경 쓰이지는 않았다.

　'빠르긴 하지만 로번보다는 훨씬 느리네.'

　상대 풀백보다 훨씬 더 빠른 아르연 로번과도 훈련을 해 봤으니까.

더구나 상대의 움직임엔 의도가 훤히 보였다.

역습이 제대로 펼쳐지기도 전에 다급하게 끊어 내려는 의도가.

이처럼 심리가 훤히 보이는 상대는 이민혁으로선 대응하기 편했다.

이때, 이민혁의 머릿속엔 두 가지 방법이 떠올랐다.

달려드는 풀백을 뚫고 빠른 역습을 진행할 것인가.

아니면 역습의 속도가 조금 늦춰지더라도 동료를 이용해 안전한 공격을 할 것인가.

만약 아르연 로번의 가르침이 없었다면 당연히 안전한 방법을 선택했을 것이다.

하지만, 가르침을 받은 지금은 다르다.

'뚫어 보자. 로번의 말처럼 임팩트 있는 데뷔전을 만들어 보는 거야.'

이민혁은 달리던 속도를 조금 늦추며 침착하게 상대의 움직임을 바라봤다.

'발이 나올 때까지 기다렸다가… 지금!'

상대가 공을 뺏어 내기 위해 발을 뻗었을 때.

이민혁이 오른쪽 대각선으로 공을 툭 치고 나갔다. 이민혁은 이 한 번의 움직임으로 아샤펜부르크의 오른쪽 풀백까지 제쳐 내는 것에 성공했다. 이제 측면에는 아무도 없다. 누군가 커버를 하러 올 수도 있지만, 빠른 스피드를 지닌 이민혁이 파고드는 게 더 먼저였다.

풀백을 뚫어 내고 측면이 아닌 중앙으로 각을 잡는 움직임.

아르연 로번의 시그니처 무브인 그것과 흡사한 움직임이었다.

다만, 변수가 있었다.

'…각이 안 나와.'

각이 나왔다면 바로 슈팅을 때리려고 했지만, 상대 중앙수비수의 움직임이 좋았다. 어느새 영리하게 이민혁의 오른발 슈팅 각을 막아선 것이다.

'로번은 이럴 때 무리하게 슈팅을 하지 말라고 했었지.'

차선책을 선택해야 하는 상황에서 동료의 목소리가 들렸다.

"리!"

바이에른 뮌헨 2군 팀의 주전 미드필더 파트리크 바이라우흐였다.

181㎝라는 큰 키로 미드필더임에도 좋은 헤딩 능력을 갖춘 그는 페널티박스 안쪽, 중앙으로 파고들었다.

순식간에 수비수들의 어그로가 파트리크 바이라우흐에게 끌렸다.

수비수들은 파트리크 바이라우흐의 주변으로 뛰어왔다. 견제를 하기 위한 움직임이었다.

이때 이민혁은 망설이지 않고 바로 크로스를 올렸다.

지금 벌어지고 있는 상황이 훈련할 때 연습했던 상황 중 하나라는 걸 바로 눈치챘기에 나온 반응이었다.

그리고.

날아오는 공이 향한 곳은 파트리크 바이라우흐가 서 있는 곳이 아니었다.

공은 파트리크 바이라우흐의 키를 넘겨서 날아갔다.

실수는 아니었다. 이민혁은 애초에 그에게로 공을 보낼 생각이 없었으니까.

이것 또한 약속된 플레이였으니까.

'토비아스, 지금이야!'

이민혁이 노린 곳은 그보다 더 먼 곳, 뒤에서 몰래 침투한 팀의 공격수, 도비아스 슈바인슈타이거의 머리였다.

지금 이 순간.

바스티안 슈바인슈타이거의 형이자, 82년생의 베테랑 토비아스 슈바인슈타이거가 땅을 박차고 몸을 띄웠다.

상대 중앙수비수들이 순간적으로 놓쳤을 정도로 은밀한 침투였다.

그리고.

베테랑 스트라이커의 움직임을 놓친 것에 대한 대가는 컸다.

투웅!

토비아스 슈바인슈타이거는 이민혁이 차 낸 공을 정확히 이마에 맞혔다. 공은 골대 오른쪽 밑으로 떨어졌고, 아샤펜부르크의 골키퍼는 날아오는 공의 방향을 잡지 못했다. 완벽히 놓쳐 버렸다.

철렁!

"우와오쓰!"

토비아스 슈바인슈타이거, 그는 경기 초반부터 선제골을 기록한 것에 크게 기뻐했다.

코너킥 라인까지 달려간 그는 점프를 하며 관중들을 향해 포효했다.

우와아아!

경기장을 제법 많이 채우고 있던 관중들이 환호성을 보냈다.

그리고.

이민혁을 포함한 바이에른 뮌헨 2군 선수들은 그를 향해 달려가 골을 축하했다.

그때였다.

"민혁, 좋은 크로스였어!"

토비아스 슈바인슈타이거가 이민혁에게 어깨동무하며 고마움을 표현했고.

이민혁은 짧은 독일어를 이용해 동료들에게 공을 돌렸다.

"토비아스의 헤딩 슈팅이 좋았던 거죠. 앞선 파트리크 바이라우흐의 움직임이 좋기도 했고요."

"아니, 네가 아샤펜부르크의 측면을 돌파하고 크로스를 올리지 못했다면 내 골도 없었어. 민혁, 너무 겸손할 필요는 없어, 방금의 넌 굉장한 윙어였어."

이민혁의 입가에 미소가 지어졌다.

팀의 맏형 같은 역할을 하는 토비아스 슈바인슈타이거에게 칭찬을 받은 것도 기분이 좋았지만, 더 기분 좋은 일이 생겼기 때문이었다.

지금, 눈앞에 떠오르고 있는 메시지들 때문이었다.

[퀘스트를 완료하셨습니다!]

[퀘스트 내용: 독일 4부 리그인 바이에른 레기오날리가 데뷔전에서 공격포인트를 기록하세요.]

[보상으로 경험치가 대폭 증가합니다.]

[퀘스트를 완료하셨습니다!]

[퀘스트 내용: 독일 4부 리그인 바이에른 레기오날리가 데뷔전에서 어시스트를 기록하세요.]

[보상으로 경험치가 대폭 증가합니다.]

[퀘스트를 완료하셨습니다!]

[퀘스트 내용: 약속된 팀의 전술을 수행해 공격포인트를 기록하세요.]

[보상으로 경험치가 대폭 증가합니다.]

총 3개의 메시지.

전부 경험치가 대폭 증가했다는 메시지들이었다.

'경험치가 많이 올랐겠어.'

이민혁은 생각했다.

역시 경기에 출전했을 때 가장 많은 경험치를 얻게 된다고.

만약 또 하나의 공격포인트를 만들어 낸다면 레벨이 오를 수도 있겠다고.

*   *   *

이민혁의 표정은 밝았다.

어시스트를 올리며 많은 경험치를 받았고, 팀의 분위기도 좋다는 게 느껴졌으니까.

'더 열심히 뛰어 보자.'

데뷔전에서 모든 걸 쏟아 낼 생각이었다.

또, 이제 경기 초반이었다.

체력이 쌩쌩할 수밖에 없다.

더구나 바이에른 뮌헨에 온 이후로 더욱 효율적인 체력 훈련을 해 왔다. 체력 능력치가 오르진 않았지만, 체력은 분명 이전보다 좋아졌다.

미친 듯 뛸 준비는 되어 있었다.

"더 강하게 압박해!"

"방금 압박이 너무 느슨했잖아!"

"제대로 보고 패스해! 하마터면 끊길 뻔했다고! 그리고 뒤에 너! 상대가 압박해 올 때 미리 알려 줬어야 할 거 아니야!"

바이에른 뮌헨 2군 선수들은 활발히 의사소통하며 아샤펜부르크를 상대했다.

실점을 한 팀은 아샤펜부르크인데 오히려 바이에른 뮌헨 리저브 팀이 더욱 열정적으로 뛰고 적극적으로 움직였다.

'대단하네.'

이민혁이 감탄했다.

함께 뛰는 동료들이지만 대단한 사람들이었다.

비록 실력은 1군 선수들에 못 미칠지는 몰라도, 축구를 향한 열정과 승리를 향한 집착만큼은 1군 선수들에게 절대 밀리지 않는 느낌이었다.

이런 열정과 승부욕 때문일까?

바이에른 뮌헨 리저브 팀은 전반 20분에 또 다른 기회를 만들어 냈다.

오른쪽 측면에서 공을 잡은 리저브 팀의 미드필더 줄리언 그린이 상대 풀백을 제쳐 내고 그대로 크로스를 올린 것이다.

줄리언 그린의 크로스는 토비아스 슈바인슈타이거의 머리로 향했다.

이미 한 골을 넣으며 득점 감각이 살아 있는 토비아스 슈바인슈타이거는 상대 중앙수비수와의 경합에서 승리하며 공을 따내는 것에 성공했다.

터엉!

이마에 맞은 헤딩이었다. 잘 맞았다면 그대로 골이 될 수 있는 상황.

그러나 토비아스 슈바인슈타이거에겐 운이 따르지 않았다. 방향이 너무 정직하게 중앙으로 향한 것이다.

파앙!

아샤펜부르크의 골키퍼는 주먹으로 공을 강하게 걷어 냈다.

"아오! 이게 안 들어가?!"

토비아스 슈바인슈타이거가 아쉬움 가득한 얼굴로 머리를 쥐어뜯었고.

쉬이이익!

공은 빠르게 페널티박스 바깥으로 날아갔다. 그러나 공은 여전히 리저브 팀의 소유가 됐다. 날아오는 공을 리저브 팀의 미드필더 파트리크 바이라우흐가 잡아 냈으니까.

"리!"

팀에서 신뢰를 얻고 있는 이민혁이었기에, 파트리크 바이라우흐는 왼쪽 측면에 있는 이민혁에게 바로 공을 보냈다.

'고마워, 파트리크.'

투욱!

이민혁의 퍼스트 터치는 부드러웠다. 안전하게 공을 잡아 놓고 빠르게 중앙을 향해 각을 틀었다.

로번에게 배운, 매크로 슈팅을 때리기 위한 사전 동작이었다.

상대 중앙수비수가 빠르게 뛰어나오고 있지만, 가까이 접근하려면 아직 시간이 있다. 슈팅을 때리기엔 충분한 시간이었다.

'왔다!'

타이밍과 각이 잡혔다는 걸 느낀 이민혁이 그대로 다리를 휘둘렀다. 그리 강하지는 않지만, 확실한 임팩트를 주며 감아 차는 슈팅을 때려 냈다.

퍼어엉!

어릴 적부터 꾸준히 연습해 왔던 슈팅이지만, 최근 로번의 가르침을 받은 뒤로 슈팅의 정확도가 많이 성장했다. 그가 가진 노하우를 배웠기 때문이리라. 또한, 축구 재능 스킬의 효과가 영향을 미친 것도 있을 테고.

지금도 그랬다.

이민혁이 왼쪽 페널티박스 라인 위치에서 때려 낸 슈팅은 반대편 오른쪽 구석을 향해 휘어 들어갔다.

'제대로 걸렸어!'

이민혁이 주먹을 불끈 쥐었다.

공을 찼을 때, 제대로 걸렸다는 느낌이 왔기 때문이었다.

느낌은 틀리지 않았다.

그가 때려 낸 공은 원하는 곳을 향해 제대로 빨려 들어갔다.

어지간한 골키퍼는 손도 쓸 수 없는 슈팅이었다.

철렁!

골 망이 크게 흔들렸다.

바이에른 뮌헨 리저브 팀의 두 번째 골이 터진 순간이었다.

"우오오옷!"

"됐어! 이 경기, 우리가 다 잡았어!"

"우와아악! 저 미친 자식이 미친 골을 넣었어!"

감독, 코치, 선수들이 환호성을 내질렀다.

그리고.

골을 넣은 이민혁은 아르연 로번이 연습경기에서 그랬던 것처럼, 손가락 하나를 들어 올리며 관중석을 향해 유유히 조깅을 했다.

'로번, 고마워요.'

매크로 슈팅을 가르쳐 준 아르연 로번을 향한 고마움의 표시였다.

하지만 세리머니를 길게 할 수는 없었다.

어느새 그를 향해 달려든 동료들 때문이었다.

"이 자식! 데뷔골이라니! 그것도 이렇게 멋지게 넣어 버린다고?"

"방금 골은 거의 아르연 로번처럼 보일 정도였어! 마치 오른발을 쓰는 아르연 로번 같았다고! 민혁, 너 오늘이 데뷔전인 선수 맞아?"

"리, 너 진짜 로번 같았어!"

"데뷔골 축하한다! 네 덕에 오늘 경기가 수월해지겠어."

동료들은 정신없이 머리를 쓰다듬고… 밀고… 때리고… 아주 난리를 쳤다.

그래도 기분이 나쁘진 않았다. 진심으로 축하하는 저들의 마음이 느껴졌으니까.

"다들 고마워요."

분명 평소엔 경쟁하는 관계였다.

실제로 훈련할 때면 경계 어린 시선이 아직도 느껴지곤 했다.

그러나 경기장에 들어온 지금은 오로지 힘을 합쳐 싸우는 동료로만 생각해 준다는 느낌을 받았다.

'한국에서 골을 넣었을 때랑은 다른 느낌이네.'

한국인이 단 한 명도 없는, 아니, 아시아인이 단 한 명도 없는 바이에른 뮌헨 리저브 팀에서 골을 넣고 인정을 받고 있다는 건 분명 특별한 느낌이었다.

그리고 지금.

이민혁의 눈앞엔 특별한 메시지까지 떠올랐다.

[퀘스트를 완료하셨습니다!]

[퀘스트 내용: 독일 4부 리그인 바이에른 레기오날리가 데뷔전에서 골을 기록하세요.]

[보상으로 경험치가 대폭 증가합니다.]

[퀘스트를 완료하셨습니다!]

[퀘스트 내용: 독일 4부 리그인 바이에른 레기오날리가 데뷔전에서 2개의 공격포인트를 기록하세요.]

[보상으로 경험치가 대폭 증가합니다.]

[퀘스트를 완료하셨습니다!]

[퀘스트 내용: 세계적인 선수인 아르연 로번의 시그니처 무브를 실전에서 성공시키세요.]

[보상으로 경험치가 대폭 증가합니다.]

[레벨이 올랐습니다!]

*   *   *

많은 메시지가 떠오른 지금.

이민혁의 눈에 가장 잘 들어온 메시지는 당연하게도 레벨업 메시지였다.

[레벨이 올랐습니다!]

'빠르다……!'

굉장히 빠른 성장이었다.

물론 언제까지 이 정도의 경험치를 얻게 될지는 모른다.

아마도 언젠가는 전 세계가 놀랄 만한 활약을 해야지만 레벨이 오르지 않을까?

하지만 이민혁은 알 수 있었다.

그때가 오려면 아직 많은 시간이 남아 있다는 것을.

아직은 지금과 같이 좋은 활약을 펼치는 것만으로도 빠르게 성장할 수 있는 시기라는 것을.

'스탯 분배하자.'

곧 경기가 재개될 거라는 걸 알기에, 이민혁은 바로 스탯 포인트를 분배했다.

[스탯 포인트 1을 사용하셨습니다.]
[민첩 능력치가 1 상승합니다.]
[현재 민첩 능력치는 71입니다.]

[스탯 포인트 1을 사용하셨습니다.]
[슈팅 능력치가 1 상승합니다.]
[현재 슈팅 능력치는 77입니다.]

이번에 선택한 능력치는 민첩과 슈팅이었다.

이 능력치들을 선택한 이유는 간단했다.

아르연 로번에게 전수받은 매크로 슈팅을 더 먼 거리에서, 더 빠르게, 더 정확하게 때리기 위해선 꼭 필요한 능력치들이었으니까.

'흥분하지 말자.'

이민혁은 스탯 포인트를 사용한 뒤, 심호흡하며 마인드컨트롤에 많은 신경을 쏟았다.

자신이 과하게 흥분하고 있다는 걸 느꼈기 때문이었다.

손발이 떨리고 심장은 쿵쾅쿵쾅 뛰고 있다.

데뷔전에서 멋진 슈팅으로 데뷔골을 넣는, 상상만 해 왔던 일이 현실이 되었기 때문이리라.

다만, 좋은 현상은 아니었다. 이런 상태로는 냉정한 판단과 침착한 플레이를 할 수 없을 테니까.

'이제 겨우 전반전일 뿐이야. 그리고 처음 경기에 나선 거잖아? 앞으로 나갈 수 있는 경기는 많고 난 더 많은 것들을 보여 줄 수 있어. 겨우 데뷔전에서 골을 기록한 것으로 이렇게 흥분하면 안 돼.'

마인드컨트롤은 효과가 있었다.

제멋대로 뛰던 심장이 어느덧 정상적으로 뛰기 시작했고, 손발도 더는 떨리지 않았다.

'처음이라고 생각하고 다시 가 보자.'

이후, 이민혁은 자신의 역할에 충실했다.

특별히 무리한 움직임을 펼치지 않고 왼쪽 윙어로서 정석적인 움직임만을 펼쳤다.

물론 기회가 온다면 그 누구보다도 빠르게 잡아챌 생각을 하면서.

다만, 아쉽게도 기회는 쉽게 오지 않았다.

전반전이 끝나가는 지금, 양 팀 모두 특별한 기회를 만들진 못했다.

아샤펜부르크는 적극적인 공격을 시도했지만, 제대로 빌드업이 되기도 전에 바이에른 뮌헨 리저브 팀의 수비에 막혀 버렸다.

반대로 리저브 팀의 공격도 잘 풀리지 않았다.

전반전이 진행되는 동안, 왼쪽 윙어인 이민혁이 아닌 오른쪽 윙어인 줄리언 그린에게로 공격이 집중됐고.

줄리언 그린은 좋은 기회를 만들지도, 살리지도 못했다.

그렇다고 줄리언 그린 쪽으로 공격 기회를 몰아준 게 좋지 않은 선택은 아니었다. 줄리언 그린은 평소엔 늘 좋은 플레이를 보여 주던 선수였으니까.

동료들에게 믿음을 쌓아 놓은 선수였으니까.

"천천히 마무리하자! 긴장 풀지 말고, 끝까지 집중해!"

근처에서 에릭 텐 하그 감독의 목소리가 들렸다.

전반전이 끝나기 직전이니 긴장을 풀지 말고 잘 마무리하라는 말이었다.

리저브 팀 선수들은 멀리 있는 동료들에게 감독의 말을 전달했고, 리저브 팀은 긴장감을 놓지 않고 안정적으로 전반전을 마무리하는 것에 성공했다.

*　　　　*　　　　*

후반전이 시작되기 전.

바이에른 뮌헨 리저브 팀 라커 룸에선 커다란 목소리가 울려 퍼졌다.

잔뜩 흥분한 에릭 텐 하그 감독의 목소리였다.

"도대체, 왜! 왜 줄리언 그린에게만 패스를 몰아주는 거야? 오늘 민혁의 컨디션이 좋다는 걸 다들 모르는 거야? 저 녀석은 전반전에만 1골 1어시스트를 기록했다고! 아니면 내 눈이 쓰레기가 된 건가? 내가 줄리언이 골을 넣은 걸 이민혁이 넣었다고 착각이라도 한 건가? 어?! 다들 말 좀 해 봐!"

감독의 질문에 선수들은 각자의 생각을 말했다.

"리의 컨디션이 좋은 건 알고 있어요. 그렇지만 줄리언은 항상 잘해 주던 선수잖아요? 패스할 곳을 찾을 때마다 본능적으로 그쪽을 보게 됐어요."

"줄리언은 중요할 때 한 방을 터뜨려 주는 친구예요. 그래서 저 친구한테 패스했어요."

"줄리언이 더 가까운 위치에 있어서 안전하게 보내려다 보니……."

에릭 텐 하그 감독, 그는 선수들의 말을 모두 경청한 뒤에야 그들을 향해 강한 어조로 지시했다.

"이런 젠장! 너희들의 말도 이해는 돼. 급한 상황에선 아무래도 익숙한 동료를 찾게 되겠지. 하지만 분명히 말할게. 후반전엔 그러지 마. 후반전엔 이민혁이 있는 왼쪽 측면으로 공격을 집중한다. 다른 날은 모르겠지만, 오늘은 이민혁의 컨디션이 최상인

걸 꼭 인지하도록 해."

선수들은 그러겠노라 대답했고, 감독은 더는 채찍을 휘두르지 않고 당근을 주기 시작했다.

"이 부분을 빼곤 다들 최고였다. 공격도 좋았고, 수비도 좋았어. 나는 자네들 모두가 잘해 줬기 때문에 전반전에 2골을 만들어 낼 수 있었다고 생각하네. 모두… 체력적으로 힘들겠지만, 전반전에 그랬던 것처럼 후반전도 좋은 모습 부탁한다."

같은 시각.

이민혁은 피터의 통역을 들으며 상황을 파악했다.

'후반전엔 나한테 기회가 많이 오겠네.'

에릭 텐 하그 감독이 왼쪽 측면으로 많이 기회를 주라고 했다는 말을 들었다. 부담감은 없다. 오히려 바라던 바였다.

더 많은 기회가 오면 그만큼 좋은 모습을 보여 줄 수 있는 상황도 많이 생길 테니까.

그때, 옆에 있던 피터가 작은 목소리로 응원을 보냈다.

"이민혁 선수, 전반전에 최고였어요! 후반전에도 다치지 않게 잘 하고 오시길 바랄게요!"

"응원 감사합니다. 죽어라 뛰고 올게요."

이민혁이 웃으며 대답했다.

덩치가 큰 피터가 주변 선수들에게 방해가 되지 않게끔 작게 응원하는 모습이 재밌게 느껴졌다. 또, 너무나도 고맙게 느껴졌다.

삐이이익!

후반전이 시작됐다.

바이에른 뮌헨 리저브 팀 선수들은 전반전과는 달리 왼쪽 측면으로 많은 패스를 보냈다.

에릭 텐 하그 감독의 지시를 따른 것이다.

당연하게도 이민혁이 공을 잡는 시간도 늘어났다.

"민혁!"

리저브 팀 중앙 미드필더 앨런이 낮고 빠른 패스를 뿌렸다.

투욱!

이민혁은 과거보다 훨씬 좋아진 터치 실력을 보이며 공을 받아 냈다.

투욱! 툭!

공을 몰며 전진하자, 상대 윙어와 풀백이 동시에 압박해 왔다. 두 명에게 둘러싸인 상황이었지만 이민혁은 침착했다.

어느새 근처로 달려온 동료 대니에게 공을 넘긴 뒤에 측면으로 달렸다. 대니는 공을 띄워서 앞으로 뿌려 줬다. 이때, 이민혁은 공이 떨어지는 타이밍에 맞춰 발을 뻗었다.

톡!

안정적으로 공을 떨어뜨리는 트래핑. 과거에는 하지 못했지만, 지금은 어렵지 않게 할 수 있는 기술이었다.

타다다닷!

속도가 붙은 상황에서 이민혁을 쫓을 선수는 없었다. 적어도 아샤펜부르크에서는.

측면은 텅 비어 있었다. 이럴 땐 급하게 크로스를 올릴 필요가 없었다. 차라리 상대 중앙수비수 하나를 더 끌어내서 동료 공격수가 받는 압박을 풀어 주는 게 더 나았다.

투욱! 툭!

방향을 틀어 중앙으로 파고드는 이민혁의 움직임에 상대 수비수가 곧바로 반응했다.

상대 수비수로션 안 막을 수도 없는 상황이었다.

전반전에 이민혁의 슈팅이 얼마나 위협적인지 충분히 느꼈으니까.

"젠장! 내가 막을게! 뒤에 공격수 놓치지 마!"

아샤펜부르크의 수비수 콜린이 다른 동료에게 소리치며 자리를 비우고 뛰쳐나왔다.

이때, 이민혁은 더욱 빠르게 전진했다. 콜린의 마음이 더 급해지게끔. 그리고 마침내 콜린과의 거리가 1m 정도로 가까워졌을 때.

'지금이야.'

이민혁은 끊임없이 상체를 휘두르며 페인팅을 주는 걸 멈추곤, 곧바로 왼발을 휘둘렀다. 대각선 바깥으로 뿌려 내는 컷백 패스였다.

터엉!

공이 바닥에 붙어 낮고 빠르게 쏘아졌다. 공은 팀의 공격수인 토비아스 슈바인슈타이거를 지나쳤고, 더 뒤에서 달려오던 줄리언 그린에게로 향했다.

연습 때의 줄리언 그린은 결정력이 좋은 선수였고, 지금도 좋은 마무리를 해 줄 거라고 믿었다.

줄리언 그린은 이민혁의 믿음을 저버리지 않았다.

그는 빠르게 깔려 오는 공을 향해 다리를 휘둘렀다. 발의 안쪽을 이용해 정확하게 때려 내는 슈팅이었다. 워낙 강하게 보낸 패스였기에 강하게 차지 않아도 강력한 슈팅이 됐다. 퍼엉! 줄리언 그린이 때려 낸 슈팅은 아샤펜부르크의 골키퍼의 손이 닿지 않는, 왼쪽 골대 상단으로 엄청난 속도로 빨려 들어갔다.

철썩!

골 망이 크게 흔들렸다.

그와 동시에.

이민혁의 눈앞엔 메시지가 떠올랐다.

[퀘스트를 완료하셨습니다!]
[퀘스트 내용: 독일 4부 리그인 바이에른 레기오날리가 데뷔전에서 2개의 어시스트를 기록하세요.]
[보상으로 경험치가 대폭 증가합니다.]

[퀘스트를 완료하셨습니다!]
[퀘스트 내용: 독일 4부 리그인 바이에른 레기오날리가 데뷔전에서 3개의 공격포인트를 기록하세요.]
[보상으로 경험치가 대폭 증가합니다.]

*   *   *

줄리언 그린의 골로 3 대 0 스코어가 된 이후.

바이에른 뮌헨 리저브 팀은 후반전이 끝날 때까지 추가골을 만들어 내지 못했다.

아샤펜부르크가 적극적으로 공격에 나서지 않고, 소극적으로 수비에 치중했기 때문이었다. 또, 전반전부터 많이 뛴 리저브 팀 선수들의 체력이 떨어진 것도 영향을 끼쳤다.

물론 좋은 기회는 있었다.

이민혁이 측면을 돌파하고 각을 잡은 뒤에 때린 중거리 슈팅이 아쉽게 골대를 벗어났고, 토비아스 슈바인슈타이거의 회심의 슈팅도 골키퍼에게 막혀 버렸다.

그렇게 경기는 3 대 0으로 바이에른 뮌헨 리저브 팀의 승리로 끝이 났다.

오래간만에 거둔 대승이었기에 팀의 분위기는 평소와는 비교도 할 수 없을 정도로 좋았다.

출발할 때는 조용했던 선수들이 훈련장으로 돌아가는 버스 안에서 끊임없이 노래를 불러 댔을 정도로.

'이 친구들… 감정 기복이 굉장하네.'

때문에, 이민혁은 훈련장으로 복귀하는 내내 동료들의 노래를 감상해야만 했다.

다음날.

에릭 텐 하그 감독이 이민혁을 호출했다.

이민혁은 늘 그랬듯 피터와 함께 감독의 사무실 문을 열었다.

"감독님, 안녕하세요."

"어서 오게. 거기 의자에 앉으면 돼. 피터도 옆에 있는 의자에 앉으시고.”

이민혁이 봐 온 에릭 텐 하그 감독은 돌려 말하는 성격이 아니었다.

화가 나면 화가 난다고, 기분이 좋으면 좋다고 시원시원하게 말하는 사람이었다.

지금도 그랬다.

그는 바로 본론을 꺼내 들었다.

“펩 과르디올라 감독님께서 자네를 한 번 더 보고 싶다고 하셨어.”

“…그 말씀은?”

“1군 훈련에 한 번 더 참여할 기회가 생겼다는 말이지. 축하하네. 물론 1군에 명단을 올린 건 아니지만, 자네같이 어린 선수는 1군 선수들과 훈련하는 것만으로도 많은 걸 배울 수 있을 거야. 이미 한 번 가 봤으니 자네도 잘 알겠지만 말이야.”

그 순간, 이민혁의 입가에 진한 미소가 지어졌다.

감독의 말이 맞았다.

한 번 가 봤기 때문에 아주 잘 알고 있었다.

1군 훈련에 참여하는 게 얼마나 개꿀인지를.

‘그럼, 경험치 좀 빨고 돌아오겠습니다.’

Chapter. 2

이민혁은 아침 일찍부터 피터의 차에 올라탔다.

두 남자의 표정은 평소보다 들떠 보였다.

오늘이 바로 바이에른 뮌헨 1군 훈련에 참여하게 된 날이었기 때문이다.

"신기하네요."

피터가 웃으며 말했다.

"뭐가요?"

이민혁의 의아한 얼굴로 바라보자, 피터가 여전히 웃는 얼굴로 입을 열었다.

"이민혁 선수는 아직 이곳에 온 지 얼마 안 됐는데, 벌써 펩 과르디올라 감독의 눈에 띄고 있잖아요. 이건 정말 놀라운 일이 거든요."

"펩 과르디올라 감독님이 좋게 봐 주신 것 같더라고요."

"솔직히 이렇게 될 줄은 몰랐어요. 처음 이민혁 선수를 봤을 땐 그저 17세의 어린 소년이었거든요. 독일어도 전혀 할 줄 몰랐고요. 이 어린 소년이 과연 치열한 바이에른 뮌헨에서 살아남을 수 있을지 걱정했던 게 사실이에요. 그런데 지금은 아주 간단한 의사소통 정도는 할 수 있고 1군 훈련에도 두 번이나 참여하러 가고 있잖아요? 또, 2군 경기에선 데뷔골과 2개의 어시스트까지 기록했고요."

"저도 사실 매일 꿈같아요. 불과 몇 달 전까지만 해도 별 볼 일 없던 선수였던 제가 지금은 바이에른 뮌헨에서 조금이지만 인정을 받고 있으니까요. 그래서 항상 다짐하고 있어요. 더 열심히 하자고."

"이민혁 선수를 옆에서 지켜보면 신기한 걸 넘어서 경악스러워요. 어린 선수가 이렇게까지 열심히 할 수 있는 건가? 하는 생각이 매번 들 정도로요. 도대체 어떻게 그리 열심히 살 수 있는 거죠?"

"약속을 지키려면 열심히 살아야 하거든요."

"약속이요? 무슨……?"

"기억 안 나세요? 저번에 약속했잖아요. 빨리 훌륭한 선수가 돼서 피터를 부자로 만들어 주겠다고."

"예? 으하하핫! 그 말을 기억하고 계신 거예요?"

"당연하죠."

이민혁의 장난 섞인 말에 피터는 1군 훈련장에 도착할 때까지 웃음을 멈추지 못했다.

그리고 지금.

"오늘도 파이팅입니다! 함께 훈련하는 사람들이 1군 선수들로 바뀌었지만, 그래도 전 이민혁 선수가 멋진 모습 보여 줄 거라고 믿어요!"

이민혁은 피터의 응원을 받으며 바이에른 뮌헨 1군 훈련장에 입성했다.

훈련장은 2군 훈련장보다 훨씬 크고 고급스러웠다. 다시 봐도 놀라울 정도로 대단한 규모였다. 다만, 전에 한 번 와 봤다고 어색함은 덜했다.

"저기 계시네."

이민혁은 저 멀리 보이는 펩 과르디올라 감독을 향해 성큼성큼 걸어갔다.

코치와 무언가 이야기를 하던 펩 과르디올라 감독이 이민혁을 발견하곤 손을 흔들었다.

"감독님, 안녕하세요."

"반가워요, 이민혁 선수."

"잘 지내셨죠?"

"그럼요. 근데 이민혁 선수가 훨씬 더 잘 지낸 것 같던데요? 처음 1군 훈련장에서 봤을 때도 예사롭지 않다고 생각하긴 했는데, 설마 데뷔전에서 데뷔골을 넣을 줄은 몰랐어요. 저 정말 놀랐다니까요? 게다가 두 개의 어시스트까지 할 줄은 더더욱 몰랐고요."

"하하… 제 소식을 들으셨군요?"

"소식을 들은 정도가 아니죠. 이미 이민혁 선수의 데뷔전 영상까지 전부 봤는걸요? 그러니 1군 훈련에 이민혁 선수를 부른 거고요."

"영상까지요?!"

"엥? 왜 놀라고 그래요? 놀랄 필요 없어요. 이곳은 바이에른 뮌헨입니다. 세계 최고의 팀 중 하나죠. 그리고 전 그곳의 감독이고요. 당연히 2군 선수 중 눈에 띄는 선수가 있으면 빠르게 확인하는 것도 제 업무 중 하나입니다."

"…그렇군요."

"영상으로 본 이민혁 선수의 플레이는 꽤 인상 깊었어요. 특히, 측면에서 중앙으로 각을 잡고 들어간 뒤에 때리는 슈팅은 아르연 로번이 떠오를 정도였어요. 굳이 다른 게 있다면 왼발이 아닌 오른발 슈팅이었다는 거죠. 이민혁 선수가 최근에 아르연 로번과 친하게 지내고 있다는 소식은 들었는데, 그게 좋은 영향을 준 모양이죠?"

이민혁은 아르연 로번이 좋은 영향을 줬냐는 펩 과르디올라 감독의 질문에 고개를 끄덕였다.

인정하지 않을 이유가 없었다.

"예, 로번은 제게 축구를 가르쳐 주고 있고, 많은 도움을 주고 있어요. 정말 고마운 분이죠."

"아르연 로번은 본인이 좋아하는 사람에겐 전부 다 퍼 주는 경향이 있더군요. 아마도 이민혁 선수가 마음에 들었나 봅니다."

"항상 감사하는 마음으로 열심히 배우고 있습니다."

"그런 자세 좋습니다. 오늘도 1군 선수들과의 훈련에서 많은 걸 배워 가길 바랄게요.”

펩 과르디올라 감독과의 대화는 여기까지였다.

이민혁은 라커 룸으로 가서 옷을 갈아입고 바로 훈련장으로 향했다. 훈련장으로 들어가자 몇몇 1군 선수들이 간단히 손을 흔들거나 눈인사를 하며 아는 체를 해 줬다.

그래도 한 번 얼굴을 봤다고 기억을 해 주는 모양이었다.

한데, 한 선수만큼은 흡사 잃어버린 형제를 만난 것처럼 반갑게 달려왔다.

“민혁! 이 자식! 데뷔전에서 공격포인트를 3개나 기록했다면서? 1골 2어시스트라고 했나?”

“예. 로번 선수의 가르침이 진심으로 많은 도움이 됐어요.”

“그건 당연한 거지. 내 가르침을 받고 도움이 안 되는 게 더 이상한 일이야. 근데 그건 그렇고, 아무리 가르침을 받았다고 해도 그걸 경기에서 보여 준 건 너야. 네 실력이라고. 알고 있지?”

“…알죠. 그래도 로번의 도움이 없었다면 저는 절대로 그 정도의 활약을 못 했을 거예요. 그리고…….”

이민혁이 추가로 무언가 말을 하려고 할 때.

아르연 로번의 분위기가 변했다. 그 친절하던 사람이 정색을 하며 자신의 속마음을 내비쳤다.

“민혁! 너는 너무 겸손해. 물론 그래서 호감이지만 말이야. 하지만! 때로는 겸손을 버려야 할 때도 있어.”

“제가 너무 겸손하다고요……?”

“그래. 내가 전에 한국인 친구들과 함께 뛰어 보면서 느낀 게 있어. 한국인들은 필요 이상으로 겸손하다는 거야. 너도 알겠지만, 박지석이랑 이형표 얘기 하는 거야."

"……."

"네가 살던 한국에선 어떨지 모르겠지만, 이곳은 유럽이야. 유럽에선 필요 이상으로 겸손한 사람을 별로 좋게 보지 않아. 오히려 자신감이 없는 사람이라는 평가를 받곤 하지. 그러니, 네 가치를 올리려면 때로는 너 스스로 잘한 걸 인정하는 모습을 보이는 게 좋아. 무슨 말인지 알겠어? 이곳에서 살아남으려면 유럽 스타일에 맞게 더 당당하고, 자신감 있게 행동하라는 말이야. 네가 지금 있는 곳은 한국이 아닌 독일이니까."

"……!"

이민혁이 멍하니 서서 아르연 로번의 말을 곱씹었다.

강한 충격에 휩싸였다.

항상 겸손해야 한다고 배워 왔는데… 그게 옳은 거라고 배워 왔는데… 그렇지 않으면 거만하다고 욕을 먹었었는데…….

유럽에선 오히려 좋지 않게 볼 수도 있다고?

내 가치를 떨어뜨리는 행동이었다고?

분명 충격적인 말이었지만, 곰곰이 생각해 보니 그럴 수 있겠다는 생각이 들었다.

세계적으로 유명한 슈퍼스타들이 자신의 플레이를 자화자찬하고, 자신이 열심히 연습해서 해낸 거라고 스스로를 홍보하는 모습이 떠올랐으니까.

'그래, 이곳은 유럽이야. 이곳에선 내가 굳이 한국에서 그랬던 것처럼 겸손하게 행동할 필요는 없겠지. 거만할 필요까진 없어

도, 적어도 내 힘으로 해낸 것들을 다른 사람의 도움 때문이라고 낮추진 않아야겠어.'

19세의 이민혁으로선 전혀 모르고 살아왔던 부분을 새로 알게 된 느낌이었다.

동시에 다짐했다.

'내가 잘한 건 잘했다고 시원하게 인정하는 사람이 되자.'

유럽에서 축구를 하는 선수가 되었으니, 이곳에 맞는 자신감을 보이겠다고.

자신의 가치를 스스로 높이겠다고.

*　　　　　*　　　　　*

아르연 로번은 이민혁에게 조언할 땐 정색하며 진지한 모습을 보였지만, 이야기가 끝난 다음부턴 언제 그랬냐는 듯 부드러운 사람이 되어 있었다.

"민혁, 오늘 훈련도 긴장하지 말고 잘 해 보자고. 어려운 부분이 있으면 꼭 나한테 물어보고. 알겠지?"

"예, 잘해 볼게요. 그리고 로번, 좋은 조언 감사해요. 앞으로는 달라진 모습을 보여 드릴게요."

"오~! 정말이야?"

"진심이에요."

"좋아, 이제야 진짜 사나이가 되겠구만!"

아르연 로번은 기분이 좋아졌는지 주변에 있던 1군 선수들을 향해 소리쳤다.

"다들 모여 봐! 여기 한국에서 온 천재 소년이 돌아왔다고!"

"아니, 로번! 갑자기요?"

이민혁이 당황해서 아르연 로번을 말려 봤지만, 이미 늦어 버렸다.

1군 선수들이 호기심 가득한 얼굴로 이민혁이 있는 곳을 향해 다가왔으니까.

'미치겠네.'

당황스러운 상황에 이민혁의 얼굴이 붉어졌다.

더 당황스러운 건 다가오는 선수들의 네임 밸류가 장난이 아니라는 것이다.

마리오 고메스, 프랑크 리베리, 토마스 뮐러, 토니 크로스, 바스티안 슈바인슈타이거, 마누엘 노이어… 그리고 필립 람과 같은 대단한 선수들이 호기심을 보이며 이민혁의 주변을 둘러쌌다.

"한국에서 온 천재라고?"

"아르연이 천재라고 할 정도면 얼마나 대단하다는 거야?"

"저 친구, 저번에 1군 훈련에 참여했었던 한국인 맞지? 제법 잘한다고 생각하긴 했었는데, 로번이 천재라고 할 정도였나?"

"이름이… 리… 어쩌고였는데… 뭐였더라?"

"인혁… 이었을걸? 아닌가?"

아르연 로번은 동료들이 관심을 보이는 게 기분이 좋았는지 더 텐션을 올리며 떠들기 시작했다.

"이 친구 이름은 이민혁이야. '이'가 성이고 '민혁'이 이름이지. 저번에 우리랑 한 번 훈련한 적 있는데, 기억 안 나? 재능이 엄청난 친구야. 또, 재능만큼이나 열심히 노력하는 친구지. 이야기해보면 알겠지만, 독일어도 전혀 할 줄 모르던 친구였는데, 이젠 조금은 할 줄 알아. 그만큼 노력했다는 거지."

그런 로번의 행동에 바이에른 뮌헨 1군 선수들은 신기한 걸 봤다는 표정을 지었다.

"아르연이 이렇게까지 좋아한 선수가 있었나? 이거 왠지 질투가 나려고 하는데?"

"저번 1군 훈련 때 제법 잘했던 그 윙어 맞지? 꽤 빠르고 플레이도 과감해서 기억이 나. 근데 그때보다 더 성장했다는 거야? 도대체 얼마나 재능이 뛰어나길래 로번이 저러는 거야?"

"우선 아르연 로번의 친구라고 하니 우리랑도 잘 지내보자고, 어린 친구. 아니, 이… 민혁이라고 했지?"

"난 그냥 편하게 민혁이라고 부를래. 그래도 되지?"

"반가워! 잘 지내 보자."

이민혁의 얼굴이 창백하게 변했다.

처음 이곳에 왔을 땐 그나마 나았다.

1군 선수들이 자신에게 별로 관심을 보이지 않았으니까.

그러나 지금은 달랐다.

TV에서나 보던 우상과도 같은 선수들과 한 공간에 있는 것만으로도 떨리는데, 지금은 이들이 자신에게 엄청난 관심을 보인다.

부담스러워도 너무 부담스러웠다.

하지만, 이민혁의 눈빛은 흔들리지 않았다.

조금 전 다짐하지 않았던가.

유럽 스타일에 맞게 당당한 사람이 되겠다고.

그래서, 에라 모르겠다는 마음으로 질러 버렸다.

"다들 반갑습니다. 전 한국에서 온 이민혁이에요. 머지않아 여러분의 동료가 될 사람이죠."

"……!"

"……!"

훈련장의 분위기가 후끈 달아올랐다.

이민혁이 뱉은 발언 때문이었다.

머지않아 여러분의 동료가 될 사람이라는 과감한 발언.

어떻게 보면 거만해 보일 수도 있는 발언을 한 지금.

퓌이익!

입술로 휘파람을 부는 선수도 있었고.

"우하하하핫! 이 친구, 뭐야? 자신감이 미쳤는데?"

"큭큭큭! 아르연의 친구다워. 나이도 어린 것으로 기억하는데, 패기가 보통이 아닌걸?"

크게 웃음을 터뜨리며 즐거워하는 선수들도 있었다.

반면, 놀라는 선수들도 존재했다.

"우리 앞에서 저런 말을 한다고? 와……! 대단한 자신감인데?"

"저 친구 지금 2군이지? 실력에 어지간히 자신이 있나 보네."

"허허……! 곧 우리의 동료가 될 거라고? 어린 나이에 이곳에 오려면 마리오 괴체 정도의 재능은 있어야 할 텐데?"

"저 한국인이 마리오 괴체 정도의 재능을 가졌다고?!"

그리고, 바이에른 뮌헨 1군 선수들이 보인 공통적인 반응이 있었다.

"이민혁이라고 했지? 자신감이 보여서 마음에 드는데?"

"패기가 없는 어린 선수들이 많은데, 저 친구는 그런 녀석들보다는 훨씬 낫네."

"나도, 이민혁 저 친구가 마음에 들어."

"재밌는 녀석이군."

"그래도 시원하게 할 말은 하는 성격이구만!"

놀랍게도 이민혁의 발언을 나쁘게 보는 선수가 거의 없고, 오히려 대부분 좋게 봐 준다는 것이었다.

"거봐, 이 친구 장난 아니라니까? 이따 봐 봐. 실력은 더 제법이니까."

아르연 로번 역시 신나서 이민혁을 데리고 다녔다.

세계적인 선수의 집중적인 관심은 물론 엄청난 일이었다.

다만, 꼭 좋기만 한 건 아니었다.

아르연 로번과 딱 붙어 있는 만큼 그의 템포에 맞는 훈련을 따라가야 했으니까.

'와……! 이건… 장난이 아니잖아?'

세계 최고 수준의 실력을 지닌 선수의 훈련은 확실히 달랐다.

팀 훈련이기에 기본적으로는 다른 선수들과 함께 진행하지만, 디테일이 달랐다.

아르연 로번과 몇몇 선수들은 남들보다 더 빨리 뛰고, 더 많이 점프하고, 더 여러 번 슈팅을 때리는 등, 유난히 더 어려운 방법으로 훈련을 소화해 냈다.

이민혁으로선 솔직히 따라가는 게 버거울 정도였다.

'로번의 집에서 했던 훈련들은 지금 하는 것들에 비하면 힘든

편도 아니었어······!'

분명 로번에게 일대일로 가르침을 받을 땐 이 정도로 힘든 적이 없었다.

게다가 처음 1군 훈련장에 와서 훈련을 받을 때도 이 정도는 아니었다. 그땐 버틸 만했는데, 지금은 정말 죽을 맛이었다.

이 상황을 설명할 수 있는 건 하나였다.

이민혁이 처음 1군 선수들과 훈련을 받을 땐, 낮은 강도로 훈련을 하는 날이었다는 것.

당황스러운 일이었다.

더불어.

'그나저나 저 양반은 왜 저렇게 멀쩡한 거야?'

이토록 힘들어 죽을 것 같은 훈련을 웃으며 소화하는 로번을 보니, 이게 진짜 괴물인가? 하는 생각이 들었다.

다른 몇몇 선수들 역시 마찬가지였다.

토마스 뮐러, 프랑크 리베리, 필립 람, 바스티안 슈바인슈타이거, 토니 크로스, 마리오 괴체, 제롬 보아텡 같은 선수들은 아르연 로번과 비슷한 강도의 훈련을 소화하면서도 여유를 보였다.

이들은 웃으며 이야기를 하는 건 기본이고, 힘들어하는 이민혁을 응원해 주기까지 했다.

"힘들지? 처음엔 다 그래. 근데 나중에 정식으로 1군에 올라와서 체력을 끌어올리면 금방 적응할 수 있을 거야."

"이봐, 한국에서 온 천재 소년! 그렇게 죽기 직전의 표정을 짓진 말라고. 너 때는 힘든 게 당연한 거야."

지금 이 순간, 이민혁은 생각했다.

'저 사람들은 심장이 두 개이지 않을까?'라고.

*   *   *

다행히 힘든 훈련은 머지않아 끝이 났다.

이민혁은 힘들었지만 이를 악물고 버텨 냈다.

절대 포기하지 않고 아르연 로번의 훈련 템포를 끝까지 따라 갔다.

"10분간 휴식!"

코치의 말과 함께 잠시 휴식 시간이 주어졌다.

잠시 숨을 고르는 시간을 가진 뒤, 선수들은 훈련 경기장으로 모여들었다.

이민혁 역시 아르연 로번을 따라 경기장으로 걸어 들어갔다.

이제 남은 건 1군 선수들끼리의 연습경기였다.

연습경기는 팀의 전술을 더욱 갈고닦고, 동료들과의 호흡과 선수 개개인의 실력을 높일 수 있는 훈련이다.

또한, 주전과 후보가 결정되는 시간이기도 했다.

때문에, 선수들의 표정이 진지하게 변했다. 조금 전에 훈련할 때와는 전혀 다른 표정과 분위기였다.

팀은 이민혁이 이곳에 처음 왔을 때처럼 A팀과 B팀으로 나뉘었다.

바이에른 뮌헨 1군 선수들은 조금은 긴장한 얼굴로 자신들의 자리로 이동했다.

이민혁 역시 진지한 얼굴로 자신의 자리를 향해 걸었다.

진지할 수밖에 없었다.

이 시간은 많은 것을 배울 수 있는 소중한 시간이었으니까.

또한, 잘만 하면 많은 경험치를 얻을 수 있는 시간이었으니까.

"민혁, 자신 있게 해. 알지?"

"예. 알고 있어요. 끝나고 나서 후회하지 않게끔 시원하게 플레이할게요."

"크흐! 좋은 자세야."

로번과의 대화를 마친 뒤.

이민혁은 상대 팀인 A팀 선수들을 바라봤다.

'그때 그 멤버랑 크게 차이가 없네.'

처음 1군 연습경기에 참여했을 때 상대했던 선수들이 대부분 A팀에 속해 있었다.

워낙 임팩트가 강했던 경기였기에 저절로 기억이 났다.

'마리오 고메스, 프랑크 리베리, 토니 크로스, 제르단 샤키리, 마리오 괴체 같은 선수들이랑 또 붙게 됐어.'

이처럼 대단한 선수들과 붙어 볼 수 있다는 건 큰 행운이다. 분명 얻어 가는 게 많을 것이다.

저들과의 대결에서 승리하면 큰 자신감을 얻을 것이고, 패배하면 원인을 파악하며 단점을 보완할 수 있다.

도무지 손해 볼 게 없는 상황이었다.

또, 이길 수 없는 경기도 아니었다.

A팀에 있는 대단한 선수들만큼이나, 이민혁이 속한 B팀에도

대단한 선수들이 즐비했으니까.

'B팀엔 로번이 있잖아?'

자신의 스승과도 같은 아르연 로번이 있다는 것만으로도 든든했다.

더불어 바스티안 슈바인슈타이거, 만주키치, 하비 마르티네스, 단테, 필립 람과 같은 선수들도 있다.

이들은 A팀을 상대로 충분히 대등한 경기를 펼칠 수 있는 선수들이다.

만약 컨디션이 좋다면 오히려 압도할 수도 있을 것이다.

이들 정도의 실력에선 컨디션이 큰 영향을 주니까.

삐이이익!

경기가 시작됐고.

그와 동시에 이민혁은 1군 훈련의 달콤한 꿀을 맛봤다.

[퀘스트 내용: 바이에른 뮌헨의 1군 연습경기에 참여하세요.]

[보상으로 경험치가 대폭 증가합니다.]

'벌써?'

시작과 동시에 얻은 경험치였다.

이민혁은 역시 1군 훈련은 개꿀이라는 걸 떠올리며 다시 경기에 집중했다.

'상대도 그렇게 하겠지만, 우리도 측면에서 기회를 만들어 줘

야 해.'

이민혁이 반대편 측면을 바라봤다. 그곳엔 아르연 로번이 씨익 웃으며 엄지를 들어 올리고 있었다.

아마도 긴장하지 말라는 뜻이 아닐까.

이처럼 B팀의 측면엔 아르연 로번과 이민혁이 위치했다.

그리고.

아르연 로번이 자리한 오른쪽에 비해 이민혁이 있는 왼쪽 측면의 무게감이 떨어지는 건 사실이었다.

하지만, 막상 B팀 선수들은 대수롭지 않게 생각했다.

아르연 로번의 말을 믿고 있었으니까.

'로번이 잘하는 친구라고 말했으니, 잘하겠지.'

'아르연이 칭찬한 녀석이니 뭐, 알아서 기본은 해 주지 않을까?'

'나이가 어리긴 하지만, 아르연이 가르치고 있다고 하니까 보통은 해 줄 거야.'

지금, 바이에른 뮌헨 B팀 선수들은 이민혁을 그냥 똑같은 동료로 생각했다.

때문에, 이민혁은 경기 초반부터 기회를 잡을 수 있었다.

퍼어엉!

반대편인 오른쪽에 있던 필립 람이 보낸 패스였다. 대각선에 있는 이민혁에게 보낸 길고 강한 롱패스는 정확한 궤적으로 날아왔다.

기본기만 괜찮다면 쉽게 받아 낼 수 있는 훌륭한 패스였다.

더구나 오른쪽에서 아르연 로번과 필립 람이 A팀 수비수들의 어그로를 잔뜩 끈 상황에서 보낸 패스였다.

이 패스를 받아 내기만 한다면 이민혁은 넓은 공간에서 공을 잡게 된다.

'침착하게……!'

수도 없이 연습했던 트래핑이었다.

이민혁은 연습 때와 같이 부드러운 트래핑으로 공을 받아 내는 것에 성공했다.

탈압박 능력치가 올라가고, 꾸준히 훈련하고, 축구 재능 스킬 효과까지 합쳐진 결과물이었다.

"나이스! 민혁! 자신감 있게!"

저 멀리서 아르연 로번의 목소리가 들렸다.

듣는 것만으로도 힘이 되는 목소리였다.

'알겠어요, 로번.'

측면에서 공을 갖고 전진하던 이민혁의 앞에 한 선수가 다급하게 달려왔다.

바이에른 뮌헨의 오른쪽 풀백 하피냐였다.

풀백이지만 공격적인 성향을 지녔고, 위협적인 오버래핑 능력을 지닌 선수.

반대로 수비력은 크게 뛰어나지는 않은 선수였다.

필립 람이나 데이비드 알라바에 비하면 조금은 떨어지는 수비력을 지닌 풀백.

때문에, 주로 필립 람의 백업으로 뛰는 선수였고.

이민혁에겐 A팀에서 그나마 상대할 만한 선수였다.

그리고 지금.

이민혁은 하피냐의 앞에서 자신감 있게 드리블을 쳤다.

스텝오버와 같은 큰 동작은 하지 않았다.

몸이 더 민첩하면 모를까, 현재의 몸놀림 정도면 스텝오버로 하피냐를 제치긴 어렵다. 그나마 상대적으로 나은 상대라는 것일 뿐, 하피냐는 절대 쉬운 상대가 아니었다. 자칫 잘못하면 단숨에 공을 빼앗길 수도 있다.

이때, 이민혁은 아르연 로번이 가르쳐 준 움직임을 펼쳤다.

휘익! 측면에서 왼발로 크로스를 올리는 척 몸을 틀었고, 그렇게 틀어진 각도 그대로 중앙으로 파고들었다. 페널티박스 바로 바깥 라인에서 잔발로 공을 치며 상체를 계속 흔들고, 시선을 끊임없이 옮기며 아이페이크를 줬다.

'나는 언제든 패스를 뿌릴 수 있다'라는 심리전을 거는 것이었다.

물론 하피냐는 이민혁과 비교도 안 될 정도로 많은 축구 경력이 있는 베테랑이다.

심리전을 길게 가지고 가면 결국엔 생각을 읽히고 공을 빼앗기게 될 수 있다.

이민혁은 그 사실을 알고 있기에 빠른 선택을 내렸다.

페인팅 동작을 유지하며 다리를 빠르게 휘둘렀다.

휘익!

슈팅은 아니었다. 공을 툭 치며 슈팅 각을 만든 것이다.

그 순간, 하피냐의 중심이 조금이지만 흔들리는 게 보였다.

'지금이야!'

이민혁이 재차 다리를 휘둘렀다.

이번엔 진짜였다.

아르연 로번이 가르쳐 준 시그니처 무브 매크로 슈팅.

그걸 바이에른 뮌헨의 1군 연습경기에서 펼쳐 보인 순간이었다.

터엉!

발에 제대로 감기는 느낌이 났다. 평소 연습할 때의 슈팅과는 비교도 할 수 없을 정도로 좋은 느낌이었다.

그럴 수밖에 없었다.

슈팅을 때림과 동시에 메시지 하나가 떠올랐으니까.

[20% 확률로 '예리한 슈팅' 스킬 효과가 발동됩니다!]

[슈팅의 정확도가 대폭 상승합니다.]

지금, 이민혁의 눈엔 보였다.

하피냐가 다급하게 쭉 뻗은 다리를 벗어난 공이 골대의 오른쪽 구석 상단으로 아름답게 감겨 들어가는 모습이.

골키퍼가 반응도 하지 못할 정도로 강하게 골대 안을 파고드는 모습이.

그리고.

골이 확정되자마자 떠오른 메시지까지.

[퀘스트를 완료하셨습니다!]

[퀘스트 내용: 바이에른 뮌헨의 1군 수비수 하피냐를 상대로 승리하세요.]

[보상으로 경험치가 대폭 증가합니다.]

[퀘스트를 완료하셨습니다!]

[퀘스트 내용: 바이에른 뮌헨의 1군 선수들을 상대로 골을 기록하세요.]

[보상으로 경험치가 대폭 증가합니다.]

[퀘스트를 완료하셨습니다!]

[퀘스트 내용: 바이에른 뮌헨의 1군 선수들을 상대로 공격포인트를 기록하세요.]

[보상으로 경험치가 대폭 증가합니다.]

[레벨이 올랐습니다!]

＊　　　＊　　　＊

각종 퀘스트를 완료했다는 메시지와.

[레벨이 올랐습니다!]

레벨이 올랐다는 메시지를 본 지금.

"됐어!"

이민혁은 허공을 향해 주먹을 강하게 휘두를 정도로 좋아했다.

레벨이 오르며 스탯 포인트를 얻게 됐다는 건 늘 기분이 좋은 일이었다.

게다가 골을 넣었다는 사실도 기뻤다.

비록 연습경기라곤 하나, 상대가 세계 최고 수준의 선수들이었으니까.

자신이 땀 흘리며 익힌 움직임이 그들에게 통했으니까.

물론 예리한 슈팅 스킬 효과가 발동되었기에 골이 된 것일 수도 있다.

그러나 슈팅을 하기 직전까지의 움직임은 분명 꾸준한 연습의 결과였다.

'아르연 로번과의 훈련은 확실히 효과가 있어. 2군에서도 통하고 1군 선수한테도 통하잖아?'

자신의 실력이 1군 선수들에게 통한다는 걸 깨닫자, 자연스레 자신감이 올라갔다.

여러 상황이 맞아떨어져서 통한 것도 있지만, 그것 역시 실력이었다.

지금의 이민혁에겐 자신의 움직임이 1군 선수들에게 통했다는 게 중요했다.

'내가 독일에 와서 해 왔던 것들이 틀리지 않았어.'

독일이라는 타지에 와서 정말 많이 노력했다.

팀 훈련이 끝나면 항상 남아서 남들보다 더 많은 훈련을 했고, 아르연 로번을 괴롭혀 가며 축구를 배웠다. 필요할 땐 전화로 궁금한 걸 물어보기도 했다.

훈련이 끝난 뒤엔 꼭 피터의 도움을 받아 독일어를 공부했다.

훈련장에 올 때마다 동료들에게 꾸준히 독일어로 대화를 시도했다. 어떻게든 독일어 실력을 늘리기 위해 필사적으로 노력했다.

축구든, 언어든, 휴식이 꼭 필요한 날을 제외하면 쉬지 않고 달려 왔다.

그 결과, 필립 람이 보낸 공을 안정적으로 받을 수 있었고, 멀리서 독일어로 '나이스! 민혁! 자신감 있게!'라고 외친 아르연 로번의 말을 알아듣고 힘을 낼 수 있었다.

더불어 하피냐와의 일대일 상황에서 그를 이겨 내고 골까지 넣을 수 있었다.

이처럼 지금까지 해 왔던 노력이 헛되지 않았다는 걸 알 수 있었고.

그 사실에 이민혁은 희망을 봤다.

이젠 정말 더 높게 올라갈 수 있겠다는 희망을.

기뻐하던 이민혁이 감정을 컨트롤하며 눈앞의 메시지를 훑었다.

'이럴 때가 아니지. 우선 스탯 포인트부터 쓰자.'

빨리 스탯 포인트를 쓰고 다시 경기에 집중해야 할 때였다.

현재 펼쳐지고 있는 건 1군 선수들과의 연습경기였다. 즉, 아직 더 많은 경험치를 받을 수도 있다는 거다.

더불어 이 경기는 바이에른 뮌헨 관계자들이 지켜보고 있다. 이들의 눈에 띄면 또다시 1군 훈련에 참여하게 될 수도 있다.

당연히 최대한 집중해서 좋은 플레이를 펼쳐야 했다.

[스탯 포인트 1을 사용하셨습니다.]

[슈팅 능력치가 1 상승합니다.]
[현재 슈팅 능력치는 78입니다.]

[스탯 포인트 1을 사용하셨습니다.]
[민첩 능력치가 1 상승합니다.]
[현재 민첩 능력치는 72입니다.]

이민혁은 스탯 포인트로 최근 좋은 효율을 느끼고 있는 슈팅과 민첩 능력치를 올렸다.

'바로 시작하나 보네.'

경기는 바로 재개됐다.

그런데 선제골을 허용한 A팀의 분위기가 변했다.

2군에서 온 어린 선수에게 일격을 맞았다는 게 이들의 자존심을 긁었는지, 이들은 제대로 각을 잡고 뛰기 시작했다.

마치 실전처럼 여러 패턴을 섞으며 패스를 주고받고, 과감한 태클도 들어왔다. 물론 발을 높게 드는 악의적인 태클은 없었지만, 당하는 입장에선 긴장이 될 수밖에 없는 플레이였다.

'저 사람들… 진짜로 하잖아?'

덩달아 이민혁도 더욱 경기에 집중했다.

물론 이민혁의 플레이는 달라지지 않았다. 처음부터 최선을 다하고 있었으니까.

반면, B팀 선수들은 자연스럽게 템포를 올렸다.

A팀이 적극적으로 나오는 것에 맞춰 B팀 역시 실전처럼 움직였다.

그러자 놀랍게도 경기의 수준이 달라졌다. 이미 높은 수준이 있는데, 거기서 수준이 껑충 뛰어 버렸다.

선수들 하나하나가 톱니바퀴가 맞아떨어지듯 움직였다. 경기의 템포가 훨씬 빨라졌다. 쓸데없는 움직임도 없었다. 선수들의 움직임엔 전부 의미가 담겨 있었다.

이 선수들이 왜 바이에른 뮌헨에서 뛰고 있고, 바이에른 뮌헨이 왜 세계적인 강팀인지 확실히 느껴졌다.

그러자 이민혁만 동떨어진 느낌을 받았다.

물 흐르듯 흘러가는 전술 안에서 혼자만 튕겨 나가 버릴 것 같다는 압박감이 느껴졌다.

으득!

이민혁이 어금니를 악물었다.

'여기에 스며들 수 있어야 해.'

바이에른 뮌헨 전술의 기본적인 틀은 분명 2군과 크게 다르지 않다. 굳이 다른 게 있다면 디테일 정도?

그런데 전술을 소화하는 선수들의 수준이 높으니 완전히 다른 전술인 것처럼 느껴졌다. 적응하기 어려운 이질감이 계속해서 느껴졌다.

하지만 이민혁은 그 느낌들을 무시했다.

적극적으로 뛰고, 땀을 흘리며 생각을 비우려고 했다.

'이질감은 당연한 거야. 난 평소에 이 선수들이랑 훈련하지 않잖아? 그러니까 자신감을 잃지 말자.'

자기암시를 걸며 자신감을 계속 높이고, 상대를 향해 끝없이 달려들었다.

2인분은 못 해도 어떻게든 1인분은 한다는 마인드로 뛰었고,

결국 B팀에게 기회가 찾아왔다.

이민혁이 A팀의 윙어 제르단 샤키리를 계속해서 쫓아다니며 드리블을 방해했다. 절대 놓치지 않겠다는 생각으로 쫓은 것이었고, 샤키리는 귀찮았는지 주변에 있던 동료에게 패스를 돌렸다. 그런데 그 패스가 부정확했다. 그리고 B팀의 미드필더 바스티안 슈바인슈타이거는 이런 기회를 놓치는 선수가 아니었다.

촤아아!

바스티안 슈바인슈타이거는 거의 넘어질 것 같은 자세로 발을 뻗었다. 샤키리가 차 낸 공은 슈바인슈타이거의 발에 걸렸다.

투욱!

B팀의 역습이 시작됐다.

바스티안 슈바인슈타이거는 바로 측면에 위치한 필립 람에게 패스했다.

필립 람은 중앙으로 공을 몰고 달리다가 오른쪽 측면으로 파고드는 아르연 로번에게 패스를 찔렀다.

터엉!

아르연 로번은 달리는 속도를 유지하며 필립 람의 패스를 받아 냈다. 반대편 측면에 있던 이민혁이 경악했을 정도로 엄청난 트래핑이었다. 이어서 로번은 폭발적인 드리블로 데이비드 알라바의 수비를 뚫어 내며 자신이 왜 세계 최고의 윙어 중 하나인지를 보여 줬다.

더불어 뮌헨 최고의 수비수 중 하나인 다니엘 반 바이텐을 앞에 둔 채로 시그니처 무브인 매크로 슈팅까지 때려 냈다.

공을 툭툭 치며 수비수의 타이밍을 뺏고 왼발로 빠르게 감아 차는 매크로 슈팅은 지금도 빛이 났다.

알고도 당한다는 그 슈팅에 톰 슈타르케 골키퍼는 손도 쓰지 못하고 골을 내줬다.

그때였다.

골을 넣은 아르연 로번이 이민혁에게로 달려왔다.

그는 씨익 웃으며 이민혁을 향해 엄지를 들어 올렸다.

"민혁, 넌 지금 놀라울 정도로 잘하고 있어. 지금 네가 하는 게 맞아. 그러니 스스로를 의심하지 말고 지금처럼만 해."

"…알겠어요, 로번."

"근데 진짜 생각할수록 놀랍네. 어떻게 이겨 낸 거야?"

"예? 뭘요?"

"쟤들이 제대로 뛰기 시작했을 때 심리적으로 압박감이 엄청 나지 않았어?"

"그랬죠."

"막 숨이 턱턱 막히고, 네가 여기에 안 맞는 수준의 선수인 것 같고, 짐 싸서 집에 가야만 할 것 같은 기분도 들었지?"

"집에 갈 생각은 안 했지만… 비슷했죠."

"근데 어떻게 이겨 냈어? 그거 쉽게 이겨 낼 수 있는 거 아닌데? 실제로 유망주라고 불리던 선수들이 그 압박감을 못 이겨 내서 팀 옮긴 일도 많았고."

"그냥 자신감을 잃지 않으려고 했어요. 또, 지금 적응이 힘든 건 당연하다고 생각했어요. 여기 있는 선수들은 손발을 오랫동안 맞춰 온 사람들이고, 저는 이번이 겨우 두 번째니까요."

"크……! 나이는 이제 겨우 17세인데 멘탈은 무슨 풍파를 다

겪은 사람처럼 강하네. 내가 이래서 널 좋아한다니까? 민혁, 넌 어떤 힘든 상황이 와도 절대 포기하지 않을 것 같아."

어떤 상황이 와도 절대 포기하지 않을 것 같다는 아르연 로번의 말.

그 말을 들은 이민혁이 웃으며 고개를 끄덕였다.

"질기게 버티는 건 제가 가장 잘하는 거거든요."

*   *   *

B팀의 아르연 로번이 골을 넣으며 2 대 0 스코어가 된 이후.

A팀 선수들은 더욱 적극적으로 공격에 나섰다.

제대로 뛰는 A팀은 확실히 강했다.

특히 토마스 뮐러, 마리오 고메스, 프랑크 리베리는 유난히 뛰어난 경기력을 보이며 공격포인트를 만들어 냈다.

전반전 40분에 프랑크 리베리가 올린 크로스를 마리오 고메스가 이마로 찍어 내리며 한 골을 넣었고.

전반전이 끝나기 직전엔 토마스 뮐러가 페널티킥을 얻어 내고 직접 마무리하며 스코어를 2 대 2 동점으로 만들었다.

후반전도 A팀의 분위기였다.

A팀은 계속해서 B팀을 압박했고, 날카로운 패스를 주고받으며 추가골을 노렸다.

그리고 지금.

프랑크 리베리가 B팀의 풀백이자 팀의 레전드인 필립 람을 뚫어 내는 것으로도 모자라 페널티박스 안까지 파고들어 직접 골을 넣어 버렸다.

더구나 B팀의 골키퍼는 마누엘 노이어였다.

"저 사람… 미친 거 아니야?"

이민혁이 입을 떡 벌리고 프랑크 리베리를 바라봤다.

실전에서도 대단한 선수지만, 연습경기에서의 프랑크 리베리도 정말… 괴물 중의 괴물이었다.

조금 과장하면… 그냥 막을 수가 없는 선수였다.

만약 저 실력이 실전에서도 그대로 나온다면 상대 팀 수비수들은 그야말로 지옥을 맛보게 될 것 같았다.

"로번도 괴물인데… 프랑크 리베리는 더 괴물이네……."

지금 이 순간, 이민혁은 확실히 알 수 있었다.

프랑크 리베리가 왜 바이에른 뮌헨의 왼쪽 윙어 자리의 붙박이인지를.

그가 왜 월드클래스라고 불리는지를.

단숨에 스코어가 역전된 이후, B팀 선수들도 더욱 분발했다.

아르연 로번은 상대의 측면을 계속해서 흔들며 기회를 만들려고 했고.

이민혁도 하피냐를 상대로 계속해서 돌파를 시도하고, 부지런하게 움직이며 수비수들의 어그로를 끌었다.

하지만 지금의 이민혁에게 하피냐는 어려운 상대였다.

처음 이겨 냈을 때와는 달리, 하피냐는 노련한 수비로 이민혁을 막아 냈다.

이민혁은 후반전이 진행되고 있는 지금까지 하피냐를 제대로 뚫어 내질 못했다.

일대일 돌파는 물론이고 동료와의 2 대 1 패스를 이용한 돌파도 전부 막혀 버렸다.

보통 사람이라면 당황하고 좌절감을 느낄 만할 정도로 털려 버렸다.

그러나.

이민혁은 전혀 좌절하지 않았다. 당황하지도 않았다.

하피냐에게 막힐 때마다 새로운 패턴으로 덤벼들었고, 깨달음을 얻었다.

'이 패턴은 아까 막혔지? 그럼 여기서 한 번 더 페인팅을 주면 뚫을 수 있지 않을까?'

계속해서 더 나은 방법을 떠올리며 자신감 있게 돌파를 시도했다.

그리고 지금.

'이번엔 무조건 통한다.'

이민혁은 단 한 번도 쓰지 않은 패턴을 사용했다.

돌파를 시도할 것처럼 열심히 상체를 흔들며 전진하자, 하피냐가 자세를 낮추고 뒷걸음질을 쳤다.

언제든지 태클을 할 준비가 끝난 자세였다.

이때, 이민혁은 상체를 강하게 흔들었다.

휘익!

그러자 하피냐가 다시 한번 뒷걸음질을 치며 거리를 벌렸다.

역시 세계적인 수비수답게 속지 않았다.

그러나.

'좋았어!'

이민혁이 원하던 상황은 이미 만들어졌다.

애초에 속일 생각은 없었다.

하피냐를 물러나게 하며 공간을 만들려고 했을 뿐이었다.

타이밍은 바로 지금이었다.

이민혁이 다리를 휘둘렀다.

여태까지 돌파를 시도했던 것과는 전혀 다른 기습적인 슈팅 시도.

"······!"

하피냐가 놀라서 다리를 뻗었지만 닿지 않는 거리였다.

아무런 방해가 없는 상황에서 이민혁의 발등에 공이 강하게 걸렸다.

퍼어엉!

공은 A팀의 골대를 향해 빠른 속도로 쏘아졌다.

동시에 이민혁의 얼굴이 딱딱하게 굳었다.

'설마······!'

슈팅을 때렸을 때의 느낌은 좋았다.

궤적도 괜찮았다. 완전히 구석은 아니더라도 골키퍼가 막기 힘든 곳으로 향했으니까.

문제는 상대 골키퍼의 반응이 너무 빨랐다는 것이다. A팀의 골키퍼 톰 슈타르케는 이민혁이 슈팅을 때리자마자 왼쪽으로 몸을 날리며 팔을 쭈욱 뻗었다.

공은 당장에라도 골키퍼의 팔에 걸릴 것 같았다.

실제로 공은 톰 슈타르케 골키퍼의 손끝에 걸리며 궤적이 바뀌었다.

그런데, 행운이 따랐다.

떠엉! 궤적이 바뀐 공이 골대에 맞았고, 바깥으로 튕겨 나간 게 아니라 그대로 안으로 파고든 것이다.

그야말로 행운의 골이 터진 지금.

"뭐, 뭐야……?!"

이민혁은 정신을 차리지 못했다.

눈앞에 미친 듯이 떠오르고 있는 메시지들 때문이었다.

*　　　*　　　*

이민혁의 두 번째 골이 터지며 3 대 3 스코어가 된 순간.

바이에른 뮌헨 1군 선수들은 놀라움을 드러냈다.

"오! 뭐야? 이민혁이 또 넣었잖아?"

"저 친구 벌써 2골째야! 와우……! 역시 아르연 로번의 안목은 확실하다는 건가?"

"하피냐가 저렇게 당할 줄이야……!"

"슈팅이 괜찮은데……? 저번에 왔을 때도 좋은 슈팅을 보여 주더니, 이번에도 벌써 2개의 멋진 슈팅을 보여 줬잖아?"

이들은 이민혁이 2개의 골을 넣었다는 사실 자체에도 놀랐다.

이건 너무 어려운 일이라는 걸 알았으니까.

더구나 골을 넣은 선수가 2군에서 뛰고 있는 17세의 선수다?

사실상 일어나기 힘든 일이다.

공이 둥글다고 한들, 그 수준이 조금이나마 맞아야 둥근 게 느껴지게 마련인데.

프로 팀 1군 선수와 2군 선수의 실력엔 큰 차이가 있다.

하물며 프로 팀이 세계 최고 수준의 선수들이 뛰는 바이에른 뮌헨이라면?

2군보다 1군 선수들의 수준이 훨씬 더 높다.

당연히 이곳에서 2군 선수가 2골을 넣는다는 건 거의 불가능한 일이고, 이민혁이 그걸 해낸 것에 놀란 것이다.

또, 아무도 막지 않는 상황에서 골을 넣은 것도 아니고 하피냐라는 걸출한 수비수가 기를 쓰고 막으려던 상황에서 넣은 골이라는 것에 더 놀랐다.

비록 두 번째 골은 골대에 맞으며 들어간 행운의 골이지만, 그래도 좋은 슈팅을 때려 낸 것 자체가 실력이었으니까.

"하피냐는 절대 쉬운 상대가 아닌데… 17살의 어린 선수가 뚫어 내고 골을 넣는다고? 한국에서 온 저 친구는 정말 천재인가?"

"확실히 스피드가 빠르고 판단이 과감해. 하지만 아직은 부족한 부분이 많이 보여. 드리블 패턴도 그렇고, 기술의 디테일이 약해. 실제로 하피냐한테 많이 털렸잖아? 물론 기어코 하피냐를 뚫어 내고 골을 넣은 것만으로도 충분히 천재라는 말을 들을 만하긴 해."

"한국에서 온 천재 윙어라… 홍미롭네. 머지않아 1군에서 보겠어. 더 재밌는 건, 저 소년이 보였던 자신감이 전부 진짜였다는 거야."

"아르연의 말처럼 대단한 재능을 지닌 선수였어. 심지어 저번에 봤을 때보다 실력이 훨씬 더 늘었잖아?"

지금 이 순간, 바이에른 뮌헨 1군 선수들은 생각했다.

그 시기가 언제일지는 모르겠지만, 이민혁을 분명히 1군에서 볼 수 있겠다고.

같은 시각.

펩 과르디올라 감독은 심각한 표정으로 팀 코치와 대화를 나누고 있었다.

"이민혁 선수는 정말 신기한 사람이에요. 하피냐에게 저렇게 털리면 보통은 주눅이 들게 마련인데, 이민혁 선수는 조금도 위축되지 않았어. 오히려 더 자신감 있게 다시 덤벼들었죠. 그 결과로 추가골을 넣었고요."

"감독님이 제대로 보신 것 같습니다. 저 소년은 확실히 겉으로 보이는 재능도 좋지만, 그걸 뛰어넘는 뭔가가 있어 보입니다."

"눈빛이 달라요. 전형적인 악바리들의 눈빛이죠. 저런 눈빛을 지닌 사람들은 어려운 일들을 이겨 내고 올라온 경우가 많은데, 과연 저 어린 소년에게 어떤 일이 있었던 걸까요?"

"…17세의 나이에 어려운 일은… 쉽게 예상하기 어렵네요."

"나중에 직접 물어봐야겠어요. 이민혁 선수가 마음을 열어 줬을 때 말이죠."

"감독님, 이민혁 선수의 저런 성격은 축구에 도움이 될 것 같은데요?"

"당연히 도움이 되죠. 저런 선수는 어지간해선 포기하지 않습니다. 경기가 끝날 때까지 승리하기 위해서 최선을 다하죠. 축구를 하기엔 아주 좋은 기질입니다. 어쩌면… 저 기질이 이민혁 선수가 가진 최고의 재능일 수도 있어요."

그때였다.

펩 과르디올라 감독의 얼굴에 옅은 미소가 지어졌다.

그는 이민혁에게서 눈을 떼지 않은 채, 작게 중얼거렸다.

옆에 선 코치의 귀에도 들리지 않을 정도로 작은 목소리였다.

"조금만 더 성장하세요. 조금이면 됩니다. 전 하루빨리 당신을 1군에서 보고 싶거든요."

＊　　　　＊　　　　＊

이민혁이 두 번째 골을 넣은 직후.

그의 눈앞엔 정신없이 많은 메시지가 떠올랐다.

[퀘스트를 완료하셨습니다!]

[퀘스트 내용: 바이에른 뮌헨 1군 선수들과의 연습경기에서 2개의 골을 기록하세요.]

[보상으로 경험치가 대폭 증가합니다.]

[퀘스트를 완료하셨습니다!]

[퀘스트 내용: 바이에른 뮌헨 1군 선수들과의 연습경기에서 2개의 공격포인트를 기록하세요.]

[보상으로 경험치가 대폭 증가합니다.]

처음 떠오른 2개의 메시지에 이어서 퀘스트를 완료했다는 메시지는 계속해서 주르륵 떠올랐다.

후반전에 하피냐와의 대결에서 승리해서 경험치가 대폭 증가한다는 메시지와 후반전에 골을 넣는 것에 성공해서 경험치가 증가했다는 메시지, 심리전에서 이겼다는 메시지 등.

여러 개의 메시지가 떠올랐다.

그리고 모든 메시지를 확인한 이민혁의 눈앞엔 마침내 가장 보고 싶었던 메시지도 떠올랐다.

[레벨이 올랐습니다!]

레벨이 올랐다는 메시지였다.

그걸 본 순간 이민혁은 재빨리 스탯 포인트를 사용했다.

당장 올리고 싶던 하나의 능력치가 있었기 때문이었다.

[스탯 포인트 2를 사용하셨습니다.]

[슈팅 능력치가 2 상승합니다.]

[현재 슈팅 능력치는 80입니다.]

이번에 선택한 능력치는 슈팅이었다.

원래라면 민첩에도 투자했겠지만, 슈팅 능력치가 78로 80을 바라보고 있다는 게 원인이었다.

'80대부터는 체감이 달라지니까 무조건 올려야지.'

현재 슈팅은 이민혁의 중요한 무기 중 하나였다.

평소에도 상대를 위협할 수 있고, 예리한 슈팅 스킬 효과가 적용될 때면 높은 확률로 골이 된다.

이런 상황에서 슈팅을 선택한 건 어찌 보면 당연한 일이었다.

스탯 포인트를 사용한 직후, 이민혁은 B팀 선수들의 축하를 받았다.

특히, 아르연 로번은 이민혁의 머리를 쓰다듬는 것으로도 모자라 산발을 만들어 놓을 정도로 기뻐했다.

"민혁! 넌 역시 천재야! 하피냐를 상대로 경기 내내 계속 돌파를 시도하다가 마지막에 슈팅을 때려 버릴 줄이야! 이거, 의도한 거 맞지?"

"예. 계속 비슷한 패턴을 반복하다가 갑자기 패턴을 다르게 바꾸면 통할 것 같아서 했는데, 진짜 통했네요."

"아주 멋진 장면이었어. 결국, 공격수나 윙어는 경기 내내 막히더라도 단 한 번 뚫어 내서 골을 만들어 내면 그것만으로 할 일을 다 한 거거든. 고생했다. 넌 오늘 윙어로서 할 일을 다 한 거야. 그것도 바이에른 뮌헨 1군 선수들을 상대로."

"고마워요, 로번."

윙어로서 할 일을 다 했다는 아르연 로번의 말.

그 말은 분명 기분 좋은 말이었다.

그러나, 이민혁은 조금 다른 생각을 하고 있었다.

'하지만 로벤, 경기는 아직 안 끝났잖아요? 제 생각엔… 아직 할 일이 더 남아 있어요.'

지금은 후반전이 진행 중이고, 아직 더 많은 걸 보여 줄 수 있다고.

골이든 어시스트든 하나라도 더 기록해서 경험치를 조금이라도 더 받아 낼 수 있을 거라고.

'전 아직 더 뛸 수 있어요.'

지금, 이민혁의 눈빛은 여전히 살아 있었다.

삐이이익!

3 대 3 동점이 된 상황에서 경기가 재개됐다.

A팀과 B팀 선수들은 승부를 내기 위해 남은 힘을 짜내서 적극적으로 뛰어다녔다.

다만 공격과 수비 모두 집중력이 조금은 떨어질 수밖에 없는 시간대였다.

선수들의 움직임도 전반전에 비하면 눈에 띄게 느려졌다.

이처럼 양 팀 모두 체력이 떨어진 상황에서 분위기를 잡은 건 A팀이었다.

토니 크로스, 마리오 괴체, 엠레 찬과 같은 젊은 미드필더들이 후반전임에도 많이 뛰며 중원 싸움을 이겨 냈기 때문이었다.

특히 토니 크로스는 위협적인 패스와 중거리 슈팅을 보여 주며 B팀 선수들의 간담을 서늘하게 만들었다.

지금도 그랬다.

토니 크로스는 엠레 찬에게서 공을 받자마자 빠른 타이밍에 중거리 슈팅을 때려 냈다.

슈팅이 어찌나 강한지, 순간적으로 커다란 소음이 터져 나올 정도였다.

퍼어엉!

낮게 깔린 공이 빠르게 쏘아졌다. 방향도 좋았다. 슈팅의 궤적을 본 순간 마누엘 노이어의 이마에 식은땀이 흘렀을 정도로.

그러나, B팀엔 바이에른 뮌헨의 레전드 수비수가 있었다.

필립 람.

팀의 주장이자 정신적 지주라고도 할 수 있는 그는 풀백이면서도 어느새 페널티박스 안쪽으로 들어와 토니 크로스의 슈팅을 몸으로 막아 냈다.

퍼억!

강력한 타격음이 들렸지만, 필립 람은 아무렇지 않은 듯 커다란 목소리로 소리쳤다.

"다들 정신 차려! 끝까지 집중해!"

170㎝에 크지 않은 덩치를 가진 필립 람이었지만.

그에게 뿜어져 나오는 카리스마는 대단했다.

'진짜 멋있네.'

이민혁은 그런 필립 람의 모습을 보며 감탄했다.

하지만 그것도 잠시, 이민혁은 최전방을 향해 전속력으로 뛰쳐나갔다.

필립 람의 몸에 맞은 공을 아르연 로번이 잡아 내며 역습이 진행됐기 때문이었다.

투다다다닷!

아르연 로번은 그야말로 미친 스피드를 보이며 뛰어 나갔다.

후반전이 끝나가는 시간에 저렇게나 스프린트를 할 수 있다는 건 놀라운 일이었다.

더구나 단 두 번의 터치로 데이비드 알라바를 뚫어 내기까지 했다.

이때, 아르연 로번의 시선에 반대편 측면에서 뛰는 이민혁의 모습이 보였다.

'수비수 2명이 나를 쫓느라 민혁에게 신경을 쓰지 못하고 있어. 그러면⋯⋯!'

월드클래스 선수답게 아르연 로번의 판단은 빨랐다.

잠시 속도를 죽이고 몸을 틀어 낸 뒤, 왼발을 이용해 반대편에서 달리는 이민혁을 향해 빠르고 강한 롱패스를 뿌렸다.

퍼엉!

이민혁은 더욱 스피드를 내서 날아오는 공을 향해 뛰었다. 이어서 가슴을 당기며 자세를 낮췄다.

투웅―

깔끔한 가슴 트래핑이었다. 덕분에 달리던 속도를 어느 정도 유지할 수 있었다.

로번이 어그로를 끌어 준 덕에 이민혁의 앞엔 넓은 공간이 펼쳐져 있었다.

단, 로번을 쫓던 2명 중 한 명이 재빨리 이민혁을 향해 달려오고 있었다.

'슈팅? 아니야.'

순간 슈팅을 때릴까도 생각했지만, 빠르게 생각을 접었다.

거리가 너무 멀었으니까.

직접 슈팅을 시도하기엔 너무 먼 거리였다.

만약 슈팅이 발등에 제대로 걸리고 운이 좋게 '예리한 슈팅' 스킬이 발동된다면 모를까, 그게 아니면 어려워 보였다.

하지만.

생각과는 달리, 이민혁은 마치 중거리 슈팅을 때려 낼 것처럼 움직였다. 왼쪽 측면에서 달리던 그는 갑자기 오른쪽으로 몸을 틀고 각을 잡았다.

그 움직임에 로번을 막던 수비수까지 이민혁을 향해 뛰기 시작했다. 수비수들에겐 다급한 상황이었다. 또, 자존심이 달린 일이었다. 어린 선수에게 추가골을 허용할 순 없었다.

"슈팅 못 하게 막아!"

이 순간, A팀의 중앙수비수 두 명의 생각은 같았다.

이들은 오늘 2골이나 넣은 어린 한국인 선수가 패기 있게 해트트릭을 노릴 거라는 확신을 했다.

그래서 아르연 로번을 막는 걸 과감히 포기한 것이고.

지금 두 명의 수비수는 이민혁을 향해 달려들었다.

다급한 상황이었음에도 두 선수는 좋은 호흡을 보이며 거의 동시에 이민혁을 둘러쌌다. 슈팅을 때릴 각을 순간적으로 좁혀 버린 것이다. 여기서 이민혁이 슈팅을 때리면 이들의 몸에 막힐 가능성이 높았다.

물론 이들은 몰랐다.

이민혁에겐 슈팅을 때릴 생각이 없다는 것을.

그가 계속해서 아르연 로번의 움직임을 주시하고 있었다는 것을.

'로번! 이번엔 당신이 해 줄 차례입니다!'

휘익!

이민혁이 휘두르던 다리에 힘을 급격히 빼고 공을 가볍게 찍어 찼다.

투웅!

그와 동시에 메시지 하나가 떠올랐다.

[20% 확률로 '예리한 패스' 스킬 효과가 발동됩니다!]
[패스의 정확도가 대폭 상승합니다.]

패스의 정확도가 대폭 상승한다는 메시지.

그걸 본 순간 이민혁의 입꼬리가 올라갔다.

'됐어!'

공을 띄워 상대 선수의 키를 넘겨 보내는 로빙 패스는 부드러운 궤적을 그리며 A팀의 페널티박스 안에 떨어졌다.

순식간에 중앙으로 파고든 아르연 로번은 그 공을 오른발로 터치한 뒤, 그대로 왼발을 휘둘렀다.

퍼어엉!

골키퍼가 뛰쳐나오기도 전에 때려 낸 가까운 거리에서의 슈팅이었고, 공은 골대의 오른쪽 구석에 강하게 박혀 버렸다.

아르연 로번의 클래스를 보여 주는 플레이였고.

"젠… 장!"

A팀의 골키퍼 톰 슈타르케는 양쪽 팔을 펼친 채 아무런 반응도 보이지 못했다.

그리고 지금.

"으하하하! 민혁! 깜짝 놀랐잖아? 설마 했는데 거기서 로빙 패스를 할 줄이야!"

골을 넣은 아르연 로번이 환하게 웃으며 이민혁을 향해 달려왔고.

이민혁의 눈엔 달려오는 아르연 로번의 모습과 반투명한 메시지들이 겹쳐 보이기 시작했다.

'메시지네.'

달려오는 아르연 로번과 겹쳐 보이는 메시지들.

기분 좋은 상황에 이민혁이 웃었다.

그는 지금, 메시지의 내용과 로번의 얼굴을 번갈아 가며 바라봤다.

[퀘스트를 완료하셨습니다!]

[퀘스트 내용: 바이에른 뮌헨 1군 연습경기에서 어시스트를 기록하세요.]

[보상으로 경험치가 대폭 증가합니다.]

[퀘스트를 완료하셨습니다!]

[퀘스트 내용: 바이에른 뮌헨 1군 연습경기에서 3개의 공격포인트를 기록하세요.]

[보상으로 경험치가 대폭 증가합니다.]

총 2개의 메시지였다.

레벨은 오르지 않았지만, 경험치가 오른 것만으로도 충분히 얻을 건 얻은 느낌이었다.

게다가 느낌상 꽤 많은 경험치를 얻었을 것 같았다.

어느새 아르연 로번도 바로 앞까지 다가왔다.

"민혁, 나이스 어시스트였어. 패스 퀄리티가 장난이 아니던데?"

"다음에도 좋은 패스를 드릴게요."

"오~! 자신감 뭐야? 훨씬 보기 좋잖아?"

"그래… 요?"

"그래! 앞으로도 지금처럼 자신감 있게 가자고!"

"예!"

"크흐! 바로 그거야!"

아르연 로번과의 대화는 길게 이어지지 못했다.

골을 허용한 A팀 선수들이 빨리 경기를 재개하자며 눈치를 줬으니까.

"어이~! 스승과 제자의 사랑을 방해하고 싶진 않지만, 지금은 훈련 중이잖아? 그리고 우린 경기에서 지고 있어서 예민하거든?"

웃음기가 담겨 있지만, A팀 선수들의 얼굴엔 실제로는 승부욕이 가득했다.

잠시 후, 경기가 재개됐다. A팀 선수들은 진한 승부욕을 뚝뚝 흘리며 뛰어다녔다. 어떻게든 골을 넣기 위해 몸을 던지기까지 했다.

이건 정말… 훈련인지 실전인지 구분이 가지 않을 정도였다.

다만, 경기는 추가골 없이 끝이 났다.

물론 골이 나올 뻔한 장면은 있었다.

후반전이 끝나기 직전, A팀의 프랑크 리베리가 또다시 미친 능력을 펼치며 B팀 수비를 뚫고 슈팅까지 때려 낸 것이다.

만약 B팀의 골키퍼가 마누엘 노이어가 아니었다면 골이 됐을 상황이었다.

하지만 마누엘 노이어는 멋진 슈퍼세이브를 보여 주며 B팀을 위기에서 구해 냈다.

이처럼 결국 프랑크 리베리의 슈팅은 막혔고 경기에서 승리한 팀은 B팀이 됐다.

그리고 지금.

'역시 1군 훈련이 최고라니까?'

이민혁의 눈앞엔 또 다른 메시지가 떠올랐다.

[퀘스트를 완료하셨습니다!]
[퀘스트 내용: 바이에른 뮌헨 1군 연습경기에서 승리하세요.]
[보상으로 경험치가 대폭 증가합니다.]

[퀘스트를 완료하셨습니다!]

[퀘스트 내용: B팀에서 가장 많은 공격포인트를 기록하세요.]

[보상으로 경험치가 대폭 증가합니다.]

*   *   *

이민혁은 1군 훈련이 끝난 다음 날부터 평소와 같은 일상을 보내 왔다.

바이에른 뮌헨 2군 팀에서 훈련하고, 독일 4부 리그 경기에 출전하며 실전 경험을 쌓았다.

경험치도 꾸준히 얻어 레벨도 조금씩 올랐다.

이처럼 매일 같은 일상을 보내며 빼먹지 않는 일이 있었다.

아침에 일어나면 꼭 부모님과 식사를 하는 것이었다.

"민혁아, 엄마랑 아빠는 하는 일 잘되고 있으니까 너무 부담 갖지 마. 우린 네가 재밌게 축구했으면 좋겠어."

"예, 저는 어머니 아버지가 계셔서 정말 든든해요. 진심으로 편한 마음으로 즐기면서 축구하고 있어요. 그러다 보니 축구도 잘되는 것 같고요. 그리고 그거 아세요? 요즘 2군 선수들 사이에서도 소문났어요. 뮌헨에 세계 최고의 맛을 가진 토스트 가게가 생겼다고요."

"어머, 정말이니?"

"예, 정말이에요. 제 부모님이 하는 가게라고 말하니까 다들 놀라더라고요."

"여보, 들었어요? 우리 토스트가 선수들 사이에서도 맛있다고 소문났대요!"

이민혁은 잔뜩 신이 나신 어머니를 보며 옅게 웃었다.

아침 식사 시간은 정말… 단 하루도 빼먹고 싶지 않은 소중한 시간이었다.

'그나저나 시간이 참 빠르네.'

이민혁에겐 시간이 빠르게 흐르는 것처럼 느껴졌다.

고등학생 신분으로 전국고교축구대회에 나갔던 게 엊그제 같은데 벌써 독일에 온 지 몇 달이 지났다.

매일 바쁘게 지내서일까?

며칠 뒤엔 생일이 지나서 나이도 한 살 더 먹게 된다. 비록 만으로 나이가 늘어나는 거지만, 그래도 나이를 먹는다는 느낌이 났다. 어찌 됐든 여긴 외국이니까.

"피터, 오늘도 잘 부탁드려요."

"저야말로 잘 부탁드려야죠. 이민혁 선수, 오늘도 파이팅입니다!"

"조금만 더 기다려 줘요."

"예? 뭘요?"

"피터가 부자 될 날이 그리 멀지 않은 것 같거든요."

"으하하핫! 부자가 될 수 있다면 저는 10년도 더 기다릴 수 있습니다!"

바이에른 뮌헨 2군 훈련장에 도착한 이민혁은 늘 그랬듯 피터의 응원을 받으며 훈련을 시작했다.

매일 비슷한 일상이었지만, 최근 들어 조금 달라진 부분도 있었다.

이민혁에게 한 가지 습관이 생겼다는 것이다.

남는 시간이 생기면 늘 핸드폰으로 영상을 보는 취미였다.

당연하게도 축구 관련 영상이었다.

이민혁은 세계적인 선수들의 움직임과 그들의 기술들이 담긴 영상을 보며 세심하게 분석했다.

또, 그 설 연습경기나 리그 경기를 치를 때마다 꼭 따라 하며 써먹어 보려고 했다.

축구 재능 스킬이 있어서일까?

영상 속 선수들의 기술을 따라 하는 건 별로 어렵지가 않게 느껴졌다.

물론 실전에서 제대로 써먹으려면 많은 연습이 필요했지만, 연습하면 된다는 게 중요했다.

효과는 확실히 있었다.

눈에 확 띄는 실력 상승은 없었지만, 조금씩 돌파에 성공하는 횟수가 늘어났다. 볼을 다루는 기술도 조금이지만 더 좋아졌다. 트래핑은 더 부드러워졌고, 더욱 안정적인 탈압박을 할 수 있게 됐다.

또, 2군 팀의 전술에도 이제는 완벽에 가깝게 적응했고 새로운 전술에 적응하는 속도도 빨라졌다.

이에 가장 좋아하는 사람은 바로 2군 팀의 에릭 텐 하그 감독이었다.

"민혁! 요즘 실력이 더 좋아진 느낌인데? 혼자 좋은 거라도 먹고 있는 거 아니야?"

"좋은 걸 매일 먹고 있죠."

"어? 그게 뭔데? 나도 좀 알려 주게."

"어머니께서 해 주신 집밥이요. 그게 저한텐 보약이더라고 요."

"허… 허헛! 자네의 어머니께서 들으면 아주 좋아하시겠군. 그럼 아침마다 두 끼를 먹으면 실력이 두 배로 좋아지는 거 아닌가?"

"…하하."

실력이 좋아지니 자연스레 2군 팀에서의 위상도 높아졌다.

교체와 선발을 반복하며 출전하던 9월이 끝나고, 10월이 되었을 때부턴 완전히 팀의 선발 윙어로 자리를 잡게 됐다.

더구나 에릭 텐 하그 감독은 이민혁을 오른쪽과 왼쪽 모두에서 뛰게 해 줬다.

어린 나이부터 한쪽에 치우치지 않게 성장시키려는 의도였고, 덕분에 이민혁은 왼쪽과 오른쪽 모두 편하게 뛸 수 있게 됐다.

이건 이민혁에겐 좋은 경험이었고, 좋은 무기가 됐다.

한 경기에서도 여러 번 스위칭하며 왼쪽에 있을 땐 아르연 로번에게 배운 매크로 슈팅을 자주 사용했고, 오른쪽에 있을 땐 크로스와 돌파 위주로 플레이했다.

빠른 스피드에 괜찮은 슈팅, 과감한 돌파 시도를 하는 윙어가 오른쪽과 왼쪽을 이동해가며 변칙적으로 플레이한다?

그것도 4부 리그에서?

당연하게도 4부 리그 선수들에게 이민혁은 가장 상대하기 싫은 선수 중 하나가 됐다.

'이제 2군 팀엔 완전히 적응한 느낌이야. 그리고 능력치
도……'

쉬는 시간, 이민혁은 잔디 위에 앉아서 상태 창을 띄웠다.

[이민혁]

레벨: 47

나이: 19세(만 18세)

키: 182㎝

몸무게: 74㎏

주발: 오른발

[체력 72], [슈팅 80], [태클 54], [민첩 73], [패스 61]

[탈압박 75], [드리블 82], [몸싸움 63], [헤딩 61], [속도 85]

스킬: [예리한 슈팅], [예리한 패스], [축구 재능], [바디 밸런스]

스탯 포인트: 0

현재 레벨은 47이었다.

능력치가 오른 건 당연한 일이었고, 추가로 좋아진 부분이 있
었다.

키가 1㎝ 컸다는 것과 몸무게가 2㎏이나 늘었다는 것이다.

더구나 몸무게가 늘어난 건 근육량을 늘린 것이기에 전체적
인 몸싸움 능력이 좋아졌다.

실제로 스탯 포인트를 사용하지 않았음에도 몸싸움 능력치
가 1 상승했다.

또, 최근 들어 드리블 능력치에 스탯 포인트를 투자하기 시작했다.

이전까진 80이라는 드리블 능력치를 제대로 활용하지 못하는 느낌이 들어서 보류했었지만, 이제는 다르다.

드리블 실력이 과거와는 비교도 할 수 없을 정도로 좋아졌다. 현재는 82인 드리블 능력치에 맞는 실력을 지니게 됐다.

'자만하지 말고 더 열심히 하자.'

상태 창을 끈 이민혁이 자리에서 일어났다.

엉덩이에 묻은 잔디를 툭툭 털어 낸 뒤, 다시 훈련장으로 걸어 들어갔다.

훈련할 시간이었다.

＊　　　　＊　　　　＊

10월이 된 이후, 또 다른 변화가 생겼다.

펩 과르디올라 감독이 이민혁을 1군 훈련에 호출하는 일이 잦아졌다는 것이다.

물론 2군과 1군을 오가는 일은 쉬운 일이 아니었다.

두 개의 팀 컬러에 적응을 해야 하는 것이었으니까.

그리도 이민혁은 묵묵하게, 자신감 있게 모든 스케줄을 소화해 냈다.

훈련성과도 좋았다.

이제는 1군 훈련에서 크게 뒤처지지 않을 수 있게 됐고, 1군 선수들과의 연습경기에서도 제법 자연스럽게 전술에 녹아들 수 있게 됐다.

그리고 10월이 지나고 11월이 되었을 땐.

이민혁은 바이에른 뮌헨의 2군 선수 중 가장 좋은 드리블 능력과 돌파 능력을 지닌 선수라는 평가를 받게 됐다.

이처럼 현재 독일 4부 리그에서 1위를 달리고 있는 바이에른 뮌헨 2군 팀 선수들에게도 통하는 드리블이었기에, 당연하게도 리그에서도 이민혁은 가장 주목받는 신인이 됐다.

독일 4부 리그에서 가장 위협적인 크랙이라는 평가.

그 평가를 받기 시작했을 때쯤, 한국에도 이민혁을 주목하기 시작했다.

지금까진 쉽게 찾아보기 힘들었던 관련기사가 작성되기 시작한 것이다.

「대한고등학교를 우승으로 이끈 이민혁, 바이에른 뮌헨에서도 재능을 인정받아.」

「바이에른 뮌헨 소속 이민혁, 19세의 나이에 1군 훈련 참여! 펩 과르디올라 감독의 눈에 띈 걸까?」

「바이에른 뮌헨 1군에 데뷔할 가능성 높은 이민혁, 그는 누구인가?」

「떠오르는 유망주 이민혁, 바이에른 뮌헨에서 데뷔할 수 있을까?」

「이민혁을 보유한 바이에른 뮌헨은 어떤 팀인가?」

자연스레 한국에서 각종 인터뷰 요청이 들어왔다.

다만, 이민혁은 모든 인터뷰를 거절했다.

관심을 받는 걸 특별히 좋아하는 성격도 아니었고, 아직은 때가 아니라는 생각이 들었기 때문이었다.

'지금은 축구에 집중해야 할 때지, 관심을 받을 때가 아니야.'

관심은 펩 과르디올라 감독에게 받는 것으로 충분했다.

다행히 부모님과 매니저인 피터도 이민혁의 생각에 동의했다.

그런데.

아이러니하게도 이민혁의 선택은 그를 한국에서 더 유명하게 만드는 계기가 됐다.

―민혁 선배! 이게 무슨 일이에요?!

대한고등학교 한 학년 후배이자, 대회 때 가장 호흡이 잘 맞았던 공격수 최준에게서 온 전화였다.

최준과는 종종 연락을 해 왔기에 이민혁은 어색함 없이 전화를 받았다.

"무슨 일이냐니? 뭐가?"

―오늘 네이바 들어가 봤어요?

국내 최대의 포털사이트 네이바, 그곳에 들어갔냐는 말은 왜 하는 것일까?

이민혁이 고개를 갸우뚱하며 되물었다.

"네이바? 최근엔 안 들어가 봤는데? 근데 거긴 왜?"

―지금 선배가 검색어 1위예요!

"…응? 그게 뭔 소리야? 장난치지 마."

―저 장난 아니에요! 이거 정말 다 걸고 거짓말 아니니까 얼른 확인해 보세요.

"어… 이따 다시 전화할게."

이민혁은 전화를 끊고 네이바에 들어갔다.

그리고 그 즉시 놀랄 수밖에 없었다.

"…정말 1위잖아?"

Chapter. 3

사람들은 때론 신비로운 것에 열광하곤 한다.

이런 사람들은 가수, 배우, 스포츠 선수 관계없이 TV에 얼굴을 자주 드러내지 않고, 인터뷰를 잘 하지 않는 사람들에게 신비로움을 느낀다.

또한, 진한 궁금증을 가진다.

이들은 어떻게 살고 있을까? 어떤 사람일까? 목소리는 어떻고, 취미는 뭘까? 같은 궁금증을 말이다.

물론 이같이 신비로움을 느끼고 궁금증을 갖는 데에는 조건이 있다.

무언가 대단한 일을 벌였거나, 놀랄 만한 성과를 이룬 인물이어야만 한다는 조건이다.

그리고 지금.

「대한고 이민혁, 바이에른 뮌헨에서 펩 과르디올라 감독의 눈도장 찍어!」

「이민혁, 바이에른 뮌헨 2군에서 꾸준히 공격포인트 기록하며 1군행 가능성 높여.」

각종 기사를 본 한국 축구 팬들은 이민혁이라는 만 18살 선수에 대해 궁금해하기 시작했다.

ㄴ엥? 바이에른 뮌헨에서 뛰는 한국인 선수가 있었다고? 이민혁이라는 이름은 못 들어 봤는데? 얘 누구임?

ㄴ축알못이네ㅋ 대한고등학교 출신이고 최근에 열렸던 전국고교축구대회에서 우승했대.

ㄴ우승? 개오지네. 근데 대한고등학교는 좀 듣보잡 아님? 우승을 했다니 좀 신기하네… 그럼 이민혁 활약상은 어땠음? 영상 없음?

ㄴ영상은 네가 직접 찾아보고, 활약상은 당연히 개오졌지. 더오지는 게 먼지 앎? 이민혁 얘 고등학교 2학년 때까지는 팀에서 쩌리 취급받던 선수였대ㅋㅋㅋㅋㅋㅋ

ㄴ헐… 개소름! 근데 쩌리였던 선수가 바이에른 뮌헨에 어떻게 간 거지?

ㄴ인터넷에 떠도는 소문으론 발이 겁나 빨라서 바이에른 뮌헨이 영입한 거라더라.

ㄴ와 리얼임? 그럼 고등학교 3학년 때 오지게 노력해서 포텐 터

진 건가?

　ㄴ그건 나야 모르지.

　ㄴ축알못이네.

　시간이 지날수록 정보가 많지 않은 이민혁에 대한 한국 축구 팬들의 궁금증은 더욱 커졌고.

　마침내 이민혁에 대해서 잘 알고 있다는 사람들의 댓글이 올라오기 시작했다.

　ㄴ저 전국고교축구대회 4강에 올랐던 선수고 대한고등학교 축구부에도 친구 한 명 있어서 들었는데… 이민혁 고등학교 3학년 때 대회 나오기 전까지 팀에서 쩌리였던 거 맞아요. 심지어 고3 때도 원래 계속 후보였어요.

　ㄴㅇㅇ나도 들었음. 고3 때 기회 얻게 된 것도 주전 선수가 부상당해서 얻은 거라고 들었음. 근데 그 경기에서 갑자기 미쳐 날뛴 거지. 그래서 계속 출전하게 된 거임. 신기한 건 갑자기 다른 사람이 된 것처럼 실력이 엄청 늘었다고 했음.

　ㄴ이민혁 쌉노력충임. 매일 남들보다 노력함. 근데 재능은 1도 없었음. 그래서 나는 이민혁이 잘되는 거 보고 기분이 좋았음.

　이민혁에 대한 스토리가 댓글로 계속 올라오고.

　노력만 하던 재능 없던 선수가 우연히 기회를 얻고 날아오른 드라마 같은 스토리에 한국 축구 팬들의 관심은 더욱 커질 수밖에 없었다.

이처럼 점점 더 관심이 커질 때쯤.

이민혁이 인터뷰를 거부했다는 기사가 떠올랐다.

「이민혁, '관심은 너무나도 감사하지만 아직은 축구에만 집중하고 싶다'라며 국내 방송사 인터뷰 전부 거부.」

당연하게도 한국 축구 팬들의 궁금증은 더욱 커져만 갔다.

그 결과, 국내 최대 포털사이트인 네이바의 실시간 검색어 1위에 '이민혁'이라는 이름이 올라오게 된 것이다.

"신기하네……."

한참이나 포털사이트를 바라보던 이민혁이 머리를 긁적였다.

"네이바 검색어 1위라니… 내가 연예인도 아닌데."

너무 신기했다.

살면서 이런 관심을 받아 본 적이 없었으니까.

더구나 댓글들을 보면 자신에 대해서 알고 있다는 사람들도 있고, 친구에게 들었다며 썰을 푸는 사람들도 있다.

그러나 거기까지였다.

'잠이나 자자.'

이민혁은 이내 핸드폰을 내려놨다.

이제 자야 할 시간이었다.

'내일도 훈련하려면 잠은 푹 자야 해.'

그에게 중요한 건 사람들의 관심이 아니었다.

열심히 훈련하고 더 좋은 실력을 지닌 축구선수가 되는 것.

하루빨리 바이에른 뮌헨 1군 선수가 되는 것.

조금씩 거리가 가까워지기 시작한 이것들이 훨씬 더 중요했다.

*　　　　*　　　　*

이민혁에 대한 한국 축구 팬들의 관심은 며칠간 이어졌지만.

특별한 정보가 나오지 않자, 관심은 점차 시들어 갔다.

애초에 별 신경을 쓰지 않던 이민혁은 늘 하던 대로 축구에만 집중했다.

활약상도 대단했다.

이민혁은 경기당 평균 1개의 공격포인트를 기록하며 독일 4부 리그를 말 그대로 씹어 먹고 있었다.

오늘도 그랬다.

이민혁은 1개의 어시스트를 기록하며 팀의 1 대 0 승리에 중요한 역할을 해냈다.

"으하하핫! 완전 복덩이구만! 민혁, 근데 적당히 좀 잘하는 게 어때? 이러다가 펩 과르디올라 감독님한테 자네를 뺏길 것 같거든!"

바이에른 뮌헨 2군 팀의 에릭 텐 하그 감독은 이민혁의 어깨에 팔을 올리며 친근하게 농담을 건넸다.

시간이 흐르며 많이 가까워졌기에 나온 행동이었다.

이젠 독일어로 간단한 대화가 가능한 이민혁도 웃으며 받아쳤다.

"그러려고 열심히 하는 거죠."

"뭐? 내가 자네를 얼마나 좋아하는지 알면서 그렇게 말한다고? 이거, 서운한데?"

"감독님도 제가 하루빨리 1군에 가기를 바라고 계시는 거 다 알고 있습니다."

"젠장! 그걸 걸렸단 말이야?"

바이에른 뮌헨 2군에서의 생활은 즐거웠다.

에릭 텐 하그 감독은 유쾌하고 좋은 사람이었고, 좋은 감독이었다.

동료들과의 사이도 많이 좋아졌다.

이제는 농담도 자주 주고받을 정도로.

다만, 아쉬운 점도 있었다.

2군에 속한 선수들은 대부분 높은 곳을 바라보고 있기에 일정 수준 이상으로 친해지긴 힘들다는 것이다.

10월이 빨리 지나갔던 것처럼 11월도 빠르게 흘렀다.

독일 리그들은 여전히 진행되고 있었고, 이민혁은 경기에 꾸준히 출전했다.

에릭 텐 하그 감독은 이민혁의 몸 상태도 꾸준히 관리해 줬다.

어지간하면 평균 70분 정도를 뛰게 한 뒤엔 교체를 해 줬다.

풀타임을 뛰고 싶은 이민혁에겐 아쉬운 일이었지만, 그 덕분에 별다른 부상 없이 좋은 컨디션을 유지할 수 있었다.

그리고.

마침내 12월이 된 지금.

이민혁은 월초부터 펩 과르디올라 감독의 호출을 받았다.

1군 훈련에 참여하게 된 것이다.

"오늘은 더 잘해 봐야지."

이민혁의 얼굴에 긴장감은 없었다.

이미 1군 훈련에 여러 번 참여했고 꾸준히 참여하고 있었기 때문이었다.

솔직히 이젠 2군 선수들보다 1군 선수들과 더 친해진 느낌이 들 정도였다.

훈련도 이젠 어렵지 않게 느껴졌다.

처음엔 따라가기도 벅찼던, 아니, 솔직히 제대로 따라가지도 못했던 1군 훈련이었는데.

이제는 1군 선수들과 비슷하게 훈련을 소화했다.

그것도 아르연 로번의 바로 옆에 붙어서.

"피터, 저 오늘도 개인 훈련 좀 더 할게요."

1군 선수들 대부분이 집으로 돌아갈 때, 이민혁은 남아서 훈련을 할 준비를 했다.

늘 해 왔던 것이기에 이민혁에겐 당연한 일과였다.

그런데, 피터가 고개를 저었다.

"이민혁 선수, 오늘은 추가 훈련 시간을 빼야 할 것 같아요."

"예? 왜요?"

"펩 과르디올라 감독님이 미팅하자고 하셨거든요."

"미팅이요?"

이민혁의 눈이 커졌다.

갑자기 미팅이라니? 설마 1군에 넣어 주려는 건가?

별의별 생각이 다 들 때쯤,

피터와 함께 펩 과르디올라 감독의 사무실에 도착했다.

"들어오세요, 이민혁 선수, 피터."

이민혁은 차 한잔을 마시며 펩 과르디올라 감독과 간단한 대화를 나눴다.

대화는 펩 과르디올라 감독의 칭찬으로부터 시작됐다.

2군에서 좋은 경기력을 펼치고 있는 걸 잘 보고 있다는 말과 1군 선수들과의 훈련에서도 부족한 게 크게 느껴지지 않는다는 그런 칭찬들.

"더 열심히 하겠습니다."

이민혁이 웃으며 대답했고.

마주 웃어 보인 펩 과르디올라 감독은 잠시 생각에 빠진 것처럼 아무런 말이 없었다.

5분 정도가 지났을까?

조용히 차를 마시던 그가 이민혁을 바라보며 본론을 꺼내 들었다.

"임대 요청이 왔습니다."

"예? 임대요?"

임대라는 단어를 알아들은 이민혁이 고개를 돌려 피터를 바라봤다.

그러자 피터가 고개를 끄덕이며 말했다.

"예, 임대 요청이 왔다고 하시네요."

이민혁이 다시 펩 과르디올라 감독을 바라봤다.

"정확히는 독일 2부 리그 팀 몇 군데에서 임대 요청이 왔어요.

이민혁 선수를 좋게 본 모양입니다."

"임대… 는 아직 생각해 본 적이 없는데, 감독님은 어떻게 생각하시죠?"

"괜찮은 방법입니다. 사실 최근에 이민혁 선수를 1군으로 부르려고 했는데, 어쩌면 임대를 가서 더 많은 출전 기회를 얻는 게 나을 수도 있다는 생각이 들었거든요."

"……!"

이민혁의 눈이 커졌다.

펩 과르디올라 감독이 자신을 바이에른 뮌헨 1군으로 부르려고 했다는 사실 때문이었다.

하지만 곧바로 생각에 잠겼다.

'1군에 바로 가면 내가 경쟁해야 할 사람은 아르연 로번, 프랑크 리베리, 제르단 샤키리 같은 선수들이야… 과연 내가 그들과의 경쟁에서 이기고 경기에 출전할 수 있을까? 만약 이기지 못할 거면 감독님 말처럼 임대를 가서 기회를 얻는 게 나을지도 몰라. 어찌 됐건 경기에 출전해야 나도 성장할 수 있으니까.'

현실적으로 아르연 로번과 프랑크 리베리는 아직 넘을 수 없는 벽이었다.

실력이 많이 좋아진 지금도 훈련을 할 때마다 깜짝깜짝 놀라곤 한다.

그들은 정말… 괴물이라는 말이 어울리는 사람들이었다.

심지어 로테이션 멤버인 제르단 샤키리조차 다른 팀에 가면 단번에 주전 자리를 차지할 정도로 대단한 실력을 지녔다.

1군 훈련에서 얻을 수 있는 경험치가 제법 많다고는 하지만.

분명 2부 리그 경기에서 뛰는 게 더 많은 경험치를 받을 수 있을 것이다.

당연히 상식적으로는 2부 리그에 가는 게 맞았다.

단, 임대를 가게 되면 최소 1년은 가야 할 것이다. 더구나 부모님과의 행복한 아침 식사는 더 이상 즐길 수 없게 된다.

뮌헨에서 사업을 하는 부모님과 함께 이동할 수는 없을 테니까.

하지만 이민혁은 이내 고개를 강하게 휘저었다.

머릿속에 떠오른 생각들을 날려 버리기 위함이었다.

'아니야, 부모님은 내 선택을 존중해 주실 거야. 너무 많은 생각을 하지 말고 그냥 내 본능이 이끄는 대로 선택하자. 그래야 후회가 없을 것 같아.'

지금, 이민혁은 결정했다.

자신이 걷고 싶은 길을 선택하기로.

단, 마지막으로 확인하고 싶은 게 있었다.

"감독님, 2부 리그 팀에 임대 가거나 1군으로 가는 것을 제가 선택할 수 있는 건가요?"

"예, 조금 전에 말했듯이 원래는 이민혁 선수를 1군으로 부를 생각이었어요. 1군 훈련에 참여하는 게 아닌, 진짜 1군 선수로서요. 그리고 실제로 2부 리그 팀들 몇 곳에서 연락이 온 상태죠. 물론 선택은 이민혁 선수의 몫입니다만… 제 개인적인 생각으로는 임대를 가서 경험을 쌓는 게 이민혁 선수에게 더 좋은 결정이지 않을까… 하고 생각하고 있어요."

"생각해 주셔서 감사합니다."

이민혁이 씨익 웃었다.

1군과 2부 리그 팀으로의 임대 중 하나를 직접 선택할 수 있는 상황이라면.

더는 고민할 필요가 없었다.

그래서.

이민혁은 펩 과르디올라 감독의 눈을 보며 어눌하지만 확실한 뜻을 담은 독일어로 말했다.

"저는 1군으로 가겠습니다."

바이에른 뮌헨의 1군으로 가겠다는 이민혁의 말에.

"…예?"

펩 과르디올라 감독은 당황했다.

그의 생각과는 전혀 다른 대답이었기 때문이었다.

그는 이민혁이 당연히 임대를 선택하리라고 생각했다.

어린 선수에겐 경기에서 뛰는 게 너무도 중요하고, 바이에른 뮌헨 1군에선 기회를 얻기 힘들 수밖에 없으니까.

웬만큼 잘하는 선수들도 바이에른 뮌헨에선 주전 자리를 차지하지 못했으니까.

'이민혁 선수… 도대체 무슨 생각인 겁니까?'

펩 과르디올라 감독이 이민혁의 얼굴을 바라봤다.

당당한 얼굴로 자신을 바라보고 있는 모습을 보니 더 당황스러웠다. 너무 당황스러워서 헛웃음이 나올 것 같았다. 저 눈빛을 보니 왜 1군으로 간다고 한 건지 이유를 더 예상할 수가 없었다.

'1군에 오면 이민혁 선수의 경쟁자는 프랑크 리베리, 아르연 로번, 제르단 샤키리야. 게다가 이 선수들은 현재 전성기를 맞았지. 설마 이민혁 선수가 이 괴물들을 경쟁에서 이길 수 있다고 생각할 리는 없고… 정말 무슨 의도인 걸까?'

생각에 빠졌던 것도 잠시, 펩 과르디올라 감독은 이민혁이 걱정되기 시작했다.

그가 본 이민혁은 잘 크면 좋은 선수가 될 가능성이 농후했다. 재능이 있고 기질 또한 좋으니까.

또, 그 누구보다도 열심히 노력하니까.

그래서 펩 과르디올라 감독은 다짐했다.

이민혁의 선택에 만약 별다른 이유가 없다면 어떻게든 말릴 생각이었다.

"…이민혁 선수."

"예, 감독님."

"이민혁 선수도 함께 훈련을 해 봐서 알겠지만, 바이에른 뮌헨의 1군 선수들은 보통이 아닙니다. 세계적인 선수들이죠. 게다가 이민혁 선수와 직접적인 경쟁을 펼칠 아르연 로번과 프랑크 리베리는 세계 최고의 윙어들입니다. 그냥 괴물들이죠. 솔직히 말하면 저는 이민혁 선수가 이들과의 경쟁에서 이길 수 있을 거라고 생각하지 않습니다. 선수들을 경기에 내보내는 건 감독이고, 감독인 저로서는 모든 경기에서 승리하기 위해 더 좋은 실력을 지닌 선수를 쓸 수밖에 없죠. 물론 이민혁 선수가 좋은 재능을 지녔고, 충분한 기회를 준다면 높게 성장할 수 있다고 믿습니다. 그러나… 저는 이민혁 선수에게 충분한 기회를 약속할 수가 없습니다."

그때였다.

이민혁의 입가에 떠워져 있던 미소가 더욱 진해졌다.

그는 감독의 말에 어떤 의미가 담겼는지 정확히 이해하고 있었다.

1군에 간다면 경기에 출전할 기회를 주지 못할 수도 있다고 말하는 것이다. 한데, 오히려 기분이 좋아졌다.

펩 과르디올라 같은 세계 최고 수준의 감독이 자신을 진심으로 걱정하고 있었으니까.

그러나.

이민혁의 결정엔 변화가 없었다.

"감독님, 걱정해 주서서 진심으로 감사합니다. 하지만 제 선택엔 변함이 없어요. 전 바이에른 뮌헨의 1군으로 갈 겁니다. 감독님 말씀처럼 세계 최고 수준의 선수들이 모인 그곳에 가서 경쟁할 겁니다."

"이유가 뭐죠? 바이에른 뮌헨의 오랜 팬이라는 말은 못 들었었는데요?"

"바이에른 뮌헨의 팬이어서가 아닙니다. 전 솔직히 특별히 좋아하는 팀은 없습니다. 그냥 내가 속한 팀을 좋아하게 되는 것일 뿐이죠."

"그럼… 1군에 오려는 진짜 이유가 뭔가요?"

진짜 이유를 묻는 펩 과르디올라 감독의 모습에.

이민혁은 입가에 있던 미소를 전부 지웠다.

지금 이 순간, 그는 진지한 얼굴로 진심을 담아서 감독을 향해 속마음을 드러냈다.

"전 그곳에서 살아남을 자신이 있거든요."

"…알겠습니다."

펩 과르디올라 감독은 말리려던 생각을 접을 수밖에 없었다.

확신에 찬 눈을 한 채, 자신이 있다고 말하는 선수를 어찌 말릴 수 있겠는가.

감독으로서 할 수 있는 건 단 하나였다.

저 자신감이 근거 있는 자신감이길 바라는 것.

오직 그것뿐이었다.

*   *   *

다음 날.

이민혁의 바이에른 뮌헨 1군행이 결정됐다.

이에 가장 좋아한 건 뮌헨에서 토스트를 만들던 이민혁의 부모님들이었다.

"무슨 일이래요? 우리 민혁이가 훈련할 시간에 전화할 애가 아닌데."

"…뭐? 정말이니?! 여보! 우리 민혁이가 드디어 1군에 들어가게 됐대요!"

"저, 정말로요? 민혁이가 바이에른 뮌헨 1군에요?"

"정말이래요! 으하핫! 됐다! 드디어 됐어요!"

오늘, 아버지 이석훈과 어머니 최연희는 독일에 와서 가장 기쁜 마음으로 토스트를 만들었다.

이후, 이민혁이 바이에른 뮌헨의 1군 명단에 이름을 올렸다는 소식은 **빠르게** 퍼졌다.

　독일을 넘어 한국까지 퍼지는 데에도 단 몇 시간이면 충분했다.

　「대한고등학교 출신 이민혁, 바이에른 뮌헨 1군에 이름 올려!」

　「한국 역사상 최초로 바이에른 뮌헨 1군에 이름을 올린 이민혁, 그는 도대체 누구인가?」

　「진짜 축구 천재는 바이에른 뮌헨에 있었다? 이민혁, 만 18세의 나이에 바이에른 뮌헨의 선수가 되다!」

　「이민혁, 이번 시즌 안에 데뷔할 수 있을까?」

　이미 한 번 포털사이트에 이름이 오르내렸기 때문일까?

　이민혁의 이름은 한국에서 **빠르게** 유명해졌다.

　특히, 축구 팬들 사이에선 큰 화제가 됐다.

　ㄴ바이에른 뮌헨 1군이라고? 미친! 이민혁 얘 진짜 뭐냐고? 방송국들은 뭐 하나? 당장 독일로 날아가서라도 인터뷰해야지!

　ㄴ오졌다 진짜ㅋㅋㅋㅋ근데 전에 이민혁 재능 1도 없었다던 자칭 동창들 어디 갔냐? 구라도 정도껏 쳐야지ㅋㅋㅋ 재능도 없는 선수가 바이에른 뮌헨 1군에 들어가는 게 말이 되냐?ㅋㅋㅋㅋ

　ㄴ데뷔는 언제 하려나? 와… 나 바이언 광팬인데 한국인 선수를 1군에서 보게 될 줄이야……! 이건 레알로 가슴이 웅장해진다ㄷㄷ

　ㄴ이민혁 2군 경기 영상 입수해서 봤는데, 진짜 잘하더라.

ㄴ어디서 볼 수 있음? 링크 좀.

이처럼 축구 팬들은 이민혁의 활약 영상과 정보를 제대로 찾기 시작할 정도로 관심을 가졌다.

정작 이민혁은 한국 축구 팬들의 관심에 전혀 신경 쓰지 못하고 있었다. 바쁜 하루를 보내고 있었기 때문이었다.

"으하핫! 자네같이 열심히 하는 선수가 1군에 가는 건 당연한 일이지! 자! 이제 바이에른 뮌헨의 1군에 가서 날개를 펼쳐 보게!"

"감독님, 지금까지 가르쳐 주셔서 정말 감사합니다. 감독님이 가르쳐 주신 것들을 잊지 않고, 1군에 가서도 꼭 살아남겠습니다."

"어허! 살아남는 것 정도로 되겠나? 가서 로번과 리베리를 밀어내 버리고 주전 자리를 먹어 버려야지!"

"알겠습니다. 가서 꼭 주전을 차지하겠습니다."

가장 먼저 한 일은 2군 훈련장에 가서 에릭 텐 하그 감독에게 작별 인사를 하는 것이었고.

"다들 고마워. 1군에 가서도 너희들이 도와줬던 것들을 항상 생각할게."

이어서 2군 팀 동료들과도 뜨거운 포옹과 함께 인사를 나눴다.

그리고.

"리, 반가워! 드디어 우리의 가족이 됐구만!"

"민혁, 4부 리그를 씹어 먹더니만 결국 1군에 왔네! 난 너랑 훈련할 때부터 네가 1군에 올 거라는 걸 알고 있었어."

"으하핫! 역시 민혁은 천재라니까?"

"천재는 맞아. 18세의 나이에 바이에른 뮌헨 1군에 온 거면 당연히 천재지."

이미 친해져 버린 1군 선수들의 환영을 받고, 1군 소속으로 훈련에 참여했다.

모든 훈련이 끝난 뒤엔 집에서 파티까지 즐겼다.

"우리 아들! 너무 축하해~! 엄마는 아들이 앞으로도 승승장구하길 바랄게."

"힘들면 언제든지 아빠한테 말해. 아빠 아직 능력 있다."

"이민혁 선수 덕분에 저 정말로 부자 되겠는데요? 1군 선수가 되신 것 정말 축하합니다!"

어머니와 아버지의 정성이 담긴 음식을 먹고, 생일이 아니었음에도 케이크에 초를 꽂고 부모님과 피터의 축하를 받는 건 행복한 일이었다.

모든 파티가 끝난 뒤, 피터는 자신의 숙소로 떠났고 이민혁도 방으로 들어왔다.

방으로 들어와서 가장 먼저 한 일은 인터넷 포털사이트에 들어가는 것이었다.

"요즘 내 이름이 그렇게 자주 올라온다고?"

오늘 하루 동안 동창들에게 전화가 많이 오고 있다.

대부분 요즘 한국에서 '이민혁'이라는 이름이 유명해졌다는 말들을 했다.

사람들의 관심은 우선순위가 아니었기에 미뤄 뒀지만, 계속

이야기를 듣다 보니 조금은 궁금해졌다.

"댓글 되게 많네."

많은 댓글을 대충 훑어보던 이민혁은 인상을 찌푸리기도 하고 웃음을 터뜨리기도 했다.

생각보다 재밌는 댓글들이 많았다.

그런데 이때, 하나의 영상을 발견했다.

"응……? 강철중 감독님이 여기서 왜 나와?"

대한고등학교 축구부 감독 강철중.

그의 얼굴이 썸네일에 떡하니 박혀 있는 영상.

게다가 영상의 제목은 '이민혁을 키워낸 참스승 강철중 감독 전격 인터뷰!'였다.

이민혁으로선 클릭하지 않을 수가 없었다.

영상 속 인터뷰는 대한고등학교 잔디 위에서 의자 하나를 두고 진행됐다.

강철중 감독은 정장을 빼입고 긴장한 얼굴로 입을 열었다.

―민혁이 그 녀석은 제가 가장 아꼈던 제자죠. 민혁이를 처음본 건 고등학교 1학년 때였어요. 키가 크고 비쩍 마른 친구가 열심히 하겠다며 축구부에 들어왔죠. 근데 이 친구가 중학교 때도 축구선수를 했다는데, 당시엔 실력이 너무 부족했어요. 그래서 전 솔직히 민혁이가 축구를 포기할 줄 알았어요. 근데 얘가 포기를 안 하더라고요. 또, 독하긴 얼마나 독한지 훈련이 끝나면 매일 남아서…….

피식!

오랜만에 본 강철중 감독의 모습에 웃음이 나왔다.

헛소리가 많이 들어간 인터뷰지만 그래도 기분이 나쁘진 않았다.

물론, 계속 볼 수는 없었다.

너무 민망했으니까.

"…여기까지만 보자."

이민혁은 방 불을 끄고 침대에 누웠다.

오늘 하루는 너무 바쁘고 정신없이 지나갔다. 사실상 바이에른 뮌헨 1군 선수가 되었다는 게 느껴지지 않았을 정도로.

"진짜는 내일부터겠지."

이제는 자야 할 때였다.

내일을 위해서.

＊　　　　＊　　　　＊

12월은 이민혁에겐 유난히 바쁜 달이었다.

1군으로 올라가서 매일 치열하게 훈련했다. 팀 훈련을 전부 소화한 뒤에도 웨이트 트레이닝, 독일어 공부를 빠짐없이 소화했다.

놀라운 건 직접적인 경쟁자가 된 아르연 로번이 오히려 이민혁을 더 챙겨 줬다는 것이다.

훈련이 끝나면 남아서 항상 축구를 알려 주고, 좋은 말들을 해 주며 이민혁의 실력 상승에 큰 도움을 줬다.

당연하게도 이민혁은 이렇게까지 도와주는 아르연 로번에게 고마움을 느꼈고, 한편으로는 이해하기 어려웠다.

그래서 물어봤다.

왜 이렇게까지 도와주냐고.

대답은 바로 튀어나왔다.

아르연 로번은 자신이 열정이 강한 사람이라고 했다.

지금보다 축구를 더 잘하고 싶은 열정.

그 열정이 너무 강했고, 축구를 가르치다 보면 실력 상승에도 도움이 된다고 말했다.

더 이상의 말은 나오지 않았다.

이민혁도 더는 묻지 않았다. 그저 최선을 다해서 배우고 훈련할 뿐이었다.

이처럼 매일 최선을 다해서 살았지만, 12월이 끝나 가는 상황에서도 아직 1군 데뷔에 관한 이야기는 나오지 않았다.

12월이 지나고 1월이 됐음에도 기회를 얻지 못했다.

훈련과 연습경기로 받던 경험치는 이제는 어지간해선 레벨이 오르지 않을 정도로 줄어들었다.

더불어 레벨이 오르며 필요한 경험치가 더 많아진 것이기도 했다.

그리고.

마침내 2월이 된 지금.

이민혁은 드디어 펩 과르디올라 감독의 입에서 기다렸던 말을 들을 수 있었다.

"이민혁 선수, 다음 경기에 출전하게 될 수도 있으니 컨디션 관리 잘해 두세요."

*   *   *

2014년 2월 10일.

이민혁은 오늘을 잊을 수 없을 것 같았다.

당연한 일이었다.

기다리고 기다리던 경기 출전 소식을 듣게 된 날이니까.

"이민혁 선수, 다음 경기에 출전하게 될 수도 있으니 컨디션 관리 잘해 두세요."

다음 경기에 출전할 수도 있다는 펩 과르디올라 감독의 말.

그 말에 이민혁은 기쁘게 대답했다.

"감사합니다!"

물론 출전이 확정된 건 아니었다.

펩 과르디올라 감독이 말하지 않았는가.

출전하는 게 아닌, 출전하게 될 수도 있다고.

비록 출전이 확정된 건 아니지만, 그래도 이민혁은 기분이 좋았다.

적어도 출전을 할 수도 있다는 희망은 생겼으니까.

더불어 벤치에 앉아서 1군 선수들의 실전을 지켜볼 수 있게 됐으니까.

'1군 선수들이 뛰는 모습을 보는 것만으로도 분명 도움이 될 거야.'

현재 이민혁의 동료들은 바이에른 뮌헨 선수들이다.

세계적인 선수들인 이들이 뛰고 호흡하는 걸 가까운 거리에서 직접 지켜보는 건 특권이다.

분명 좋은 깨달음을 얻게 될 것이라고 믿었다.

하지만, 그렇다고 해도 이민혁은 욕심이 났다.

바이에른 뮌헨 선수로서 분데스리가에 출전하고자 하는 욕심이.

＊　　　　＊　　　　＊

이후, 이민혁은 컨디션 관리에 모든 신경을 쏟았다.

체력이 소모되는 훈련은 최소한으로 줄였다. 기술을 갈고닦는 연습과 전술에 맞는 움직임을 펼치는 훈련을 하며 시간을 보냈다.

그리고 며칠 뒤.

이민혁은 1군 경기 명단에 이름을 올렸다.

예상대로 후보였다.

하지만 그것만으로도 가슴이 떨렸다.

이제 진짜 분데스리가 데뷔전에 가까이 왔다는 게 느껴졌다.

한국에서도 난리가 났다.

핸드폰은 전화가 하도 많이 와서 꺼 놨고, 인터넷엔 각종 기사, 댓글들이 떠올랐다.

「바이에른 뮌헨 1군에 들어간 이민혁, 프라이부르크전 명단에 이름 올려!」

「이민혁, 프라이부르크전에서 분데스리가 데뷔하나?」

「만 18세의 이민혁, 분데스리가 데뷔전 앞둬!」

ㄴ분데스리가 데뷔 가자! 이민혁 실력 너무 궁금하다 진짜!

ㄴㅋㅋㅋ한국 나이로 20살에 분데스리가 데뷔전 오지네ㅋㅋ이 거 한국사람 중에선 가상 빠른 기록 아님?

ㄴ위에 축구 1도 모르네ㅋㅋㅋㅋ손훈민이 있잖아 바보야. 손훈 민은 지금 이민혁 나이에 함부르크에서 데뷔했고 골도 넣었음.

ㄴ손훈민은 이미 분데스리가에서 자리 잡은 선수잖아. 얘랑 왜 비교를 하나. 아직 이민혁은 검증이 안 됐는데.

ㄴ이민혁이 손훈민보다 잘할 수도 있잖아? 팀도 훨씬 좋음. 손 훈민은 레버쿠젠이고 이민혁은 바이에른 뮌헨임.

기사와 댓글들을 확인한 이민혁은 생각했다.

'다들 감사하게도 기대를 많이 해 주시네. 만약 출전하게 되면 열심히 할게요.'

기대해 주는 사람들을 위해서라도 경기장에 들어가게 되면 최선을 다하겠다고.

반면, 손훈민과 비교하는 댓글들은 신경 쓰지 않았다.

손훈민은 분데스리가에서 꽤 많은 걸 보여 주고 있는 기성 선 수였고, 자신은 아직 보여 준 게 없으니까.

다만 손훈민에게 흥미는 있었다.

이민혁도 한국 사람인지라 분데스리가에서 활약하고 있는 손훈민을 좋아했다.

자신이 독일 4부 리그에서 뛸 때, 손훈민은 분데스리가에서 뛴 대단한 선수다.

이처럼 대단한 선수고, 독일에서 뛰고 있는 같은 한국인 선수이기에 가능하다면 직접 만나서 그의 기술과 정신을 배워 보고 싶었다.

'손훈민 선배님도 한번 뵙고 싶네.'

*　　　　　*　　　　　*

경기가 잡히자, 가뜩이나 빠르게 지나가던 시간이 더 빠르게 느껴졌다.

반면, 바이에른 뮌헨 선수들은 평온했다.

경험이 많기 때문일까? 이들은 경기가 잡혔음에도 평소와 다를 것 없이 덤덤하게 행동했다.

이들에겐 분데스리가의 최강팀다운 자신감도 드러났다.

그런데, 경기가 하루 남았을 때 좋지 않은 일이 벌어졌다.

연습경기에서 일어난 일이었다.

"으윽!"

팀 동료의 태클에 당한 프랑크 리베리가 바닥에 쓰러져서 일어나지 못했다.

태클을 한 하비 마르티네스가 미안한 얼굴로 손을 내밀었지만, 프랑크 리베리는 그 손을 뿌리쳤다.

축구선수에게 부상은 끔찍한 일이었고, 프랑크 리베리는 성격이 불같은 남자였다.

"이런 젠장! 뼈라도 부러졌으면 네가 책임질 거야? 훈련에서 그딴 태클을 하면 어떡해! 동업자 정신은 어디에다가 팔아먹고 온 거냐고!"

이때, 코치들과 의료진이 뛰어들었다.

팀의 에이스나 다름없는 프랑크 리베리가 쓰러지자 놀라서 달려온 것이다.

이후 빠른 응급조치와 검사가 들어갔지만, 아쉽게도 프랑크 리베리는 부상을 피하지 못했다. 그나마 다행인 건 큰 부상이 아니라는 것 정도였다.

당연하게도 팀의 분위기는 가라앉았다.

경기 하루 전날 에이스를 잃은 펩 과르디올라 감독 역시 침통한 표정으로 나머지 훈련을 진두지휘했다.

하지만 그것도 잠시, 펩 과르디올라 감독은 세계 최고의 감독 중 하나다운 모습을 보였다.

선수들을 모아 놓고 특유의 부드럽지만 차가운 말투로 분위기를 수습한 것이다.

"다들 정신 차리고 훈련에 집중하세요! 제가 이곳에 처음 왔을 때도 말했지만, 우리가 이번 시즌에 분데스리가에서 우승하는 건 당연한 겁니다. 바이에른 뮌헨이니까. 그리고, 우리는 바이에른 뮌헨이기 때문에 팬들에게 매번 최고의 경기력을 보여 줘야 합니다. 제가 봐 온 여러분은 그렇게 할 수 있는 사람들입니다. 그렇지 않나요?"

펩 과르디올라 감독이 보여 준 부드러운 카리스마에 바이에른 뮌헨 선수들은 고개를 끄덕였다.

훈련 분위기도 조금씩이지만 살아나기 시작했다.

조금 더 시간이 지났을 땐, 언제 분위기가 가라앉았었냐는 듯
완벽히 살아났다.

다음 날.

이민혁은 바이에른 뮌헨의 홈구장에서 몸을 풀었다.

주변에서 함께 몸을 푸는 선수들은 세계적으로 유명한 바이
에른 뮌헨의 1군 선수들이었다.

이건 아무리 봐도 익숙해지지 않는 광경이었다.

경기가 시작될 시간이 다가오자, 몸을 다 푼 선수들은 라커
룸 안으로 들어가 마지막으로 전술을 점검했다.

이민혁 역시 피터의 도움을 받아 오늘 펼쳐질 팀의 전술을 꼼
꼼히 확인했다.

이후, 경기에 나서는 선수들은 경기장에 들어갈 준비를 했고,
이민혁은 벤치로 향했다.

그때였다.

우와아아아아아!

경기장에 들어서자 쏟아지는 함성이 들렸다.

어마어마한 크기의 함성들.

처음 겪어 보면 깜짝 놀랄 수밖에 없는 함성이었다.

관중석을 꽉 채운 팬들이 보내는 거대한 함성.

이민혁은 이 모습을 처음 본 것이기에 놀란 마음을 쉽게 가라앉히지 못했다.

'엄청나잖아……?'

4부 리그에서 뛸 때와는 차원이 다른 팬들의 열기였다.

이건… 어지간한 멘탈로는 다리가 후들거려서 뛰지도 못할 것 같았다.

"후-우!"

이민혁이 크게 숨을 내쉬며 벤치에 앉았다.

벌써 흥분이 됐다.

이토록 많은 사람 앞에서 축구를 하는 기분은 어떨까?

이곳에서 골을 넣으면 얼마나 큰 함성을 받게 될까? 와 같은 생각이 머릿속에 차오르기 시작했다.

"역시 분데스리가는 관중의 숫자랑 열기가 차원이 다르구나."

이민혁이 붉게 상기된 얼굴로 감탄했다.

하지만 그가 아직 모르는 게 있었다.

아직 경기에 뛸 선수들이 입장하지 않았다는 것이다.

마침내 대기하던 선수들이 경기장에 입장하자.

지금까지와는 비교도 할 수 없을 정도로 거대한 함성과 열기가 쏟아졌다.

경기장에 나서는 선수들은 익숙하다는 얼굴로 걸어 들어왔지만.

이민혁은 아니었다.

"우와……! 이러면 진짜 축구할 맛 나겠는데?"

처음 겪어 보는 분위기에 적응하는 데엔 시간이 필요했다.

경기가 시작됐을 때에도 쉽게 적응이 되지 않았다.

이민혁은 전반 10분 정도가 지난 뒤에야 떨리는 마음을 가라앉힌 채, 경기를 지켜볼 수 있게 됐다.

'확실히 수준이 달라.'

상대 팀인 프라이부르크의 수준도 높았다.

비록 현재 리그 15위로 하위권에 속한 팀이지만, 그래도 분데스리가에서 살아남고 있는 팀은 달랐다.

선수들 개개인의 기본기가 다 좋고, 전반 초반임에도 몸놀림이 가벼워 보였다.

하지만 그래도 바이에른 뮌헨 선수들은 수준이 달랐다.

현재 리그 1위를 달리고 있는 팀답게 전반 초반부터 프라이부르크를 경기력에서 압도하고 있었다.

오늘 바이에른 뮌헨의 선발진은 베스트멤버는 아니었다.

최근 주전으로 뛰던 스트라이커 만주키치 대신 피사로가 출전했고, 부상을 당한 프랑크 리베리 대신 제르단 샤키리가 선발로 나왔으니까.

더구나 수비진도 데이비드 알라바의 자리에 디에고 콘텐토가 나왔고, 팀의 붙박이 주전 골키퍼 마누엘 노이어 대신 톰 슈타르케가 선발로 출전했다.

이처럼 베스트멤버가 아니었음에도 바이에른 뮌헨은 바이에른 뮌헨이었다.

바이에른 뮌헨은 공을 거의 뺏기지 않고 잘 짜인 전술대로 움직이며 경기 초반부터 기회를 만들기 위한 움직임을 펼쳤다.

마침내 전반 13분이 되었을 때.

바이에른 뮌헨의 공격이 불을 뿜었다.

프랑크 리베리 대신에 선발로 출전한 제르단 샤키리가 뿜어낸 불이었다.

비록 리베리, 로번에게 밀리긴 하지만 '알프스 메시', '스위스 메시'라는 별명이 있을 정도로 드리블 기술이 좋은 선수였다.

게다가 단단한 체구에서 나오는 강력한 슈팅과 몸싸움 능력까지 대단한 선수였다.

제르단 샤키리는 지금 그 무기를 이용해서 프라이부르크의 수비를 허물었다. 화려한 드리블로 직접 수비를 뚫어 내고 골까지 넣은 순간.

우와아아아아!

함성이 터져 나왔다.

과연 바이에른 뮌헨의 홈답게 관중들의 뜨거운 열기가 느껴졌다.

'샤키리의 컨디션이 장난이 아닌데?'

이민혁이 제르단 샤키리를 보며 감탄했다.

훈련 때보다 더 좋은 움직임을 펼치고 있다. 저게 뜻하는 바는 하나였다.

오늘 그의 컨디션이 매우 좋다는 것.

'오늘 출전하지 못할 수도 있겠는데?'

이민혁이 씁쓸하게 웃었다.

동료가 잘하는 건 기뻤지만, 출전이 물 건너갈 수도 있겠다는 생각 때문이었다.

만약 경기에 출전하게 된다면 제르단 샤키리와 교체되어 들어갈 가능성이 높았는데, 저렇게나 잘해 버리면 감독의 입장에선 교체할 이유가 없다.

'그래, 오늘은 경기를 보면서 배운다고 생각하자'

어지간해선 출전하지 못하게 될 거라고 생각하자, 마음은 편해졌다.

이민혁은 한결 편안해진 얼굴로 경기를 감상하기 시작했다.

그리고.

제르단 샤키리는 컨디션이 좋다는 걸 증명하듯 또다시 불을 뿜었다.

바이에른 뮌헨의 코너킥 상황.

아르연 로번이 왼발로 공을 강하게 감아 찼고.

뒤로 빠져 있던 제르단 샤키리가 발리슛으로 연결하며 추가골을 터뜨려 냈다.

경기장에 있던 모두가 감탄할 정도로 아름다운 골이었다.

"워!"

이민혁 역시 눈을 크게 뜨고 자리에서 벌떡 일어났다.

저건 분명 약속된 플레이였다.

문제는 연습 때도 다섯 번 시도하면 한 번 정도 성공하는, 확률이 낮은 약속 플레이였다는 거다. 설마 저걸 실전에서 성공시킬 줄이야.

'저런 선수가 후보라니… 참 미친 팀이야. 그리고 난 그 미친 팀에서 살아남는 것에 도전했고.'

이민혁이 헛웃음을 흘리며 벤치에 앉았다.

저 멀리서 세리머니를 하는 괴물들을 보니 많이 낮아졌다고 생각했던 벽이 다시 우뚝 솟아오른 느낌이 들었다.

이젠 출전에 대한 기대는 조금도 남아 있지 않았고, 바이에른 뮌헨의 공격은 계속됐다.

아르연 로번의 매크로 슈팅이 골키퍼의 펀칭에 아쉽게 막혔고, 토니 크로스의 슈팅이 골대 위를 살짝 벗어났다.

아쉽게 두 번의 좋은 공격이 막혔지만, 계속 두드리니 결국 추가골이 터졌다.

프라이부르크의 페널티박스 안에서 터닝슛을 때린 토마스 뮐러의 골이었다.

이후에도 바이에른 뮌헨의 공격은 계속됐지만, 아쉽게도 추가적인 골 없이 전반전이 종료됐다.

후반전도 바이에른 뮌헨의 분위기였다.

다만, 골은 나오지 않았다.

전반전엔 역습을 노리던 프라이부르크가 후반전부턴 역습까지 포기한 채 완전히 잠그는 운영으로 바꿔 버렸기 때문이었다.

더 이상의 골을 먹히지 않겠다는 의지를 보이며 수비에만 치중하는 팀을 뚫긴 어려운 일.

게다가 그 팀이 분데스리가 수준의 팀이라면 더욱 어렵다.

경기장에선 야유가 흘러나왔고, 경기는 계속 소강상태로 흘러갔다.

경기를 지켜보는 관중들로선 양 팀 중 어디라도 변화를 주길 바라게 되는 시간이었다.

그리고.

변화를 준 건 바이에른 뮌헨이었다.

후반 70분.

펩 과르디올라 감독이 이민혁을 향해 지시했다.

"민혁, 준비하세요."

*　　　　　*　　　　　*

제르단 샤키리가 최고의 컨디션을 보여 주며 전반전에 날뛸 때.

이민혁은 경기에 뛸 수 있을 거라는 희망을 거의 버렸다.

그냥 맘 편히 동료들의 경기를 보며 배울 생각이었다. 실망하지 않았다. 오늘이 아니어도 기회는 분명 찾아올 거라고 믿었다. 다음 경기든, 다다음 경기든, 언젠가는.

그러나.

포기하지 않은 게 하나 있었다.

'그래도 혹시 모르니 몸은 풀어 둬야지.'

혹시 모를 일에 대비하는 것.

만약에 출전할 것을 대비해서 몸을 뜨겁게 달궈 놓는 것이었다.

그리고 후반 70분이 된 지금.

"민혁, 준비하세요."

뜨겁게 달궈 놓은 몸과 심장을 사용할 수 있게 되었다.

"준비됐습니다."

이민혁은 펩 과르디올라 감독을 보며 자신감 있게 말했다.

추가적인 준비는 필요 없다.

몸은 충분히 풀었고, 당장에라도 뛸 수 있는 상태였으니까.

피식!

펩 과르디올라 감독의 입가에 옅은 미소가 지어졌다.

그는 마치 '너라면 그럴 줄 알았어'라는 표정으로 고개를 끄덕였다.

"곧 아르연 로번이 나올 겁니다."

"아, 아르연 로번이랑 교체되는… 예?"

아르연 로번이랑 교체된다고? 내가?

이민혁이 당황한 얼굴로 고개를 들어 펩 과르디올라 감독을 바라봤다.

당연히 제르단 샤키리랑 교체될 줄 알았다.

오늘 컨디션이 최고라고 해도 후반전엔 전반전만큼은 못 해 주고 있으니까.

게다가 아르연 로번은 팀의 에이스급 선수였으니까.

그런데 생각지도 못한 아르연 로번과의 교체를 한다니.

당황스러운 일이었다.

더 당황스러운 건 저 멀리서 보이는 아르연 로번이 별 불만 없어 보이는 얼굴로 걸어오고 있다는 것이다.

별다른 표정 변화 없이 다가온 아르연 로번은 이민혁과 가까워진 뒤에야 싱긋 웃으며 입을 열었다.

"민혁, 드디어 기다리던 순간이 왔네? 기분이 어때?"

이민혁의 얼굴이 굳었다.

그동안 정성껏 축구를 알려 주고, 맛있는 밥을 사 주고, 친절하게 대해 준 아르연 로번의 목소리를 들으니 감정이 북받쳤다.

하지만 감정을 삼키는 것은 익숙했기에 금세 미소를 되찾았다.

"기분은… 정말 최고예요!"

"하하! 그래, 너라면 그렇게 말할 줄 알았어. 내가 해 주고 싶은 말은 이거 하나야. 지금만큼은 네가 최고라는 걸 절대 잊지 마. 넌 이 아르연 로번 대신 바이에른 뮌헨의 윙어로 출전하는 최고의 선수라는 말이야. 자! 이제 최고의 선수답게 분데스리가 데뷔전을 즐기고 와."

"…알겠습니다."

이민혁이 입술을 꽈악 깨물며 고개를 숙였다.

더 이상 아르연 로번의 얼굴을 볼 자신이 없었다. 보게 된다면 기껏 컨트롤한 감정이 다시 흔들릴 것 같았으니까.

'로번, 당신의 이름에 먹칠하지 않게 잘하고 올게요.'

이민혁, 그가 바이에른 뮌헨 1군 소속으로 분데스리가에 첫 발걸음을 내디뎠다.

*　　　*　　　*

경기에 투입된 이후.

이민혁이 발걸음을 잠시 멈췄다.

'나왔다!'

실시간으로 눈앞에 떠오르고 있는 메시지들 때문이었다.

[퀘스트를 완료하셨습니다!]
[퀘스트 내용: 분데스리가의 경기에 출전하세요.]

[보상으로 경험치가 대폭 증가합니다.]

[퀘스트를 완료하셨습니다!]
[퀘스트 내용: 만 20세 이하의 나이에 분데스리가의 경기에 출전하세요.]
[보상으로 경험치가 대폭 증가합니다.]

[퀘스트를 완료하셨습니다!]
[퀘스트 내용: 만 19세 이하의 나이에 분데스리가의 경기에 출전하세요.]
[보상으로 경험치가 대폭 증가합니다.]

[퀘스트를 완료하셨습니다!]
[퀘스트 내용: 만 18세 이하의 나이에 분데스리가의 경기에 출전하세요.]
[보상으로 경험치가 대폭 증가합니다.]

[레벨이 올랐습니다!]
[레벨이 올랐습니다!]

단숨에 2개의 레벨이 올랐다.

아무래도 경험치의 양이 굉장했던 모양이었다.

대단한 보상이었다.

더구나 이민혁이 얻은 건 2개의 레벨이 오른 것으로 끝이 아니었다.

[레벨 50을 달성하셨습니다!]
[스킬이 지급됩니다.]

레벨이 50이 되며 받게 된 스킬.

그 스킬의 이름을 본 순간 이민혁의 입가엔 진한 미소가 지어졌다.

['강인한 신체'를 습득하셨습니다.]

'강인한 신체라니!'

이름부터 뭔가 대단한 느낌이 진하게 풍기는 스킬이다. 이민혁은 본능적으로 느꼈다. 이 스킬, 굉장히 좋을 거라고.

우선 이름부터가 강인한 신체이니만큼 피지컬에 큰 도움이 될거라는 생각이 들었다. 그렇게만 되면 정말 좋은 스킬이었다. 현재 이민혁은 몸싸움에 스탯 포인트를 투자하고 있지 않았으니까.

다행히 바디 밸런스 스킬의 도움으로 쉽게 넘어지진 않지만, 그래도 독일의 큰 선수들과의 몸싸움에서는 밀렸으니까.

그런데.

막상 스킬의 정보를 확인해 보니 생각과는 달랐다.

오히려 더 좋았다.

[강인한 신체]

유형: 패시브

효과: 회복이 빠르고, 쉽게 다치지 않게 됩니다.

'회복이 빠르고… 쉽게 안 다친다고? 이건… 너무 좋잖아?'

이민혁은 강도 높은 훈련을 자주 소화한다.

어릴 때부터 그렇게 살아왔기에 적응이 되어 있지만, 그 역시 사람이었다.

피로를 느꼈고, 실제로 하루 일정을 모두 끝내면 기절하듯 잠들곤 했다.

열심히 스트레칭을 하고 좋은 것 잘 챙겨 먹으며 체력 관리를 하고 있지만, 그래도 힘든 게 사실이었다.

운동선수의 경우 몸이 힘들고 피곤하면 부상에도 쉽게 노출이 된다.

지금까진 운 좋게 큰 부상 없이 살았지만, 솔직히 이민혁의 몸은 언제 부상당할지 모르는 시한폭탄과도 같았다.

'이건 나에게 꼭 필요한 스킬이야.'

마음이 편해졌다. 웃음도 절로 나왔다. 스킬의 효과대로라면 열심히 훈련해서 지치거나 부상을 입어도 빠르게 회복할 것이고, 웬만해선 부상을 당하지도 않을 것이다.

쉽게 다치지 않을 거라는 생각이 받쳐지자, 자연스레 자신감도 올라갔다.

'더 적극적으로 날뛰어 봐야겠어.'

이민혁은 아르연 로번의 자리였던 오른쪽 윙어 포지션으로 가볍게 뛰어 들어갔다.

경기는 진행 중이었다. 빠르게 자리를 잡고 팀에 녹아들어야 했다.

다만, 자리를 향해 뛰는 이민혁의 눈과 머리는 빠르게 돌아가고 있었다.

'레벨이 2개 오르면서 스탯 포인트 4개를 얻었어. 이 정도면 오늘 경기에 꽤 큰 도움이 되겠는데? 그럼 어떤 능력치를 올려야 가장 도움이 될까.'

스탯 포인트를 사용할 능력치를 결정하기 전, 이민혁은 우선 오늘의 컨셉을 잡기로 했다.

'어떤 스타일을 보여 줄까?'

지금 펼쳐지고 있는 경기는 실시간으로 수많은 축구 팬들이 보고 있을 것이다. 독일의 팬들뿐만 아니라 유럽 각지의 팬들, 심지어 한국 축구 팬들까지 경기를 보고 있을 것이다.

그들 모두에게 인상적인 모습을 보여 주고 싶었다.

분데스리가 데뷔전을 성공적으로 치르고 싶었다.

그러기 위해선 조금은 이기적일 필요가 있었다. 아르연 로번 도 말하지 않았던가. 확실하다고 느껴지는 상황에선 절대 양보 하지 말라고.

'결정했어.'

이민혁의 결정은 빨랐다.

많은 사람의 눈에 이민혁이라는 이름을 각인시키려면 가장 화 려한 모습을 보여 줄 필요가 있다.

누군가는 질문할 것이다. 축구선수가 경기장에서 가장 화려 할 때가 언제인가?

이민혁은 그 질문에 곧바로 대답할 수 있었다.

'당연히 드리블로 상대의 수비를 뚫어 낼 때지.'

[스탯 포인트 4를 사용하셨습니다.]
[드리블 능력치가 4 상승합니다.]
[현재 드리블 능력치는 86입니다.]

탓! 타앗!

이민혁이 가볍게 뛰며 주변을 둘러봤다.

교체된 선수가 들어올 때까지 주는 여유 시간은 이제 끝났다. 주심은 경기를 진행했고, 양 팀 선수들은 서로의 목적을 이루기 위해 다시 움직였다.

"샤키리! 일단 뒤로!"

"람! 뒤에 하비 있으니까 천천히 하자!"

바이에른 뮌헨은 팀에서 주축을 맡고 있는 토마스 뮐러와 토니 크로스, 그리고 오늘 수비형 미드필더로 출전한 필립 람을 중심으로 천천히 공을 돌렸다.

후반 73분인 현재, 선수들의 체력이 떨어진 시간이고 스코어는 3 대 0이다. 급할 이유가 없었다. 게다가 상대인 프라이부르크는 골을 넣고자 하는 의지도 보이지 않고 있다. 안정적으로 패스를 돌리며 기회를 엿보는 게 나았다.

이민혁도 조금은 밑으로 내려와서 동료들과 공을 주고받았다. 동료들이 안정적으로 패스를 돌리며 템포를 늦춰 놨는데, 혼자 욕심을 부려서 급발진을 할 순 없었다. 그렇게 무리하지 않아도 기회는 생길 거라고 믿었다.

바이에른 뮌헨의 전진은 느렸다. 공을 빼앗기지 않으며 천천히 라인을 올리는 전술. 이 전술에 프라이부르크 선수들은 강한 심적 압박을 느꼈다. 분명 천천히 다가오는데 그 속도가 빠르게 느껴졌다.

예상치도 못한 상황에서 골을 만들어 내는 팀이 바이에른 뮌헨이었다.

독일 분데스리가의 최강팀!

그 팀을 상대하는 프라이부르크로선 잔뜩 긴장한 채 경계할 수밖에 없었다.

'집중하자! 토니 크로스가 언제 킬패스를 찔러 넣을지 몰라.'

'피사로를 절대 놓치면 안 돼! 저 녀석, 오늘 골은 못 넣었지만 움직임이 날카로웠어.'

'그나마 제르단 샤키리를 조심해야 해. 저 자식, 오늘 컨디션이 제대로 올랐잖아?'

당연하게도 프라이부르크 선수들은 오늘 처음 보는 이민혁이라는 선수에 관해선 관심이 없었다.

그냥 바이에른 뮌헨에서 키우기 시작한 유망주 정도라고 생각했다.

크게 경계하지도 않았다. 그저 아르연 로번이 교체되어 나가서 다행이라고 생각할 뿐이었다.

그리고.

이민혁이라는 선수가 자신들의 수비를 부숴 버릴 거라는 생각도 당연히 하지 못했다.

'나이스 패스!'

토니 크로스가 오른쪽 대각선으로 길게 뿌려 준 롱패스였다.

계속해서 눈을 마주치며 측면으로 뛰어들던 이민혁에게 보낸 패스였다. 이민혁은 프라이부르크의 풀백 크리스티안 귄터보다 더 빠르게 측면으로 뛰어들어 다리를 뻗었다.

투욱!

공이 발 안쪽에 닿는 느낌이 부드러웠다. 공도 급격히 힘을 잃고 떨어져 내렸다.

"귄터! 빨리 막아!"

프라이부르크의 골키퍼 올리버 바우만이 크게 소리쳤다. 크리스티안 귄터가 트래핑을 하느라 잠시 멈칫한 이민혁에게 어깨를 부딪쳤다. 반칙이 아닌, 아슬아슬하게 선을 넘지 않은 강한 차징.

퍼억!

"흡!"

이민혁이 숨을 강하게 내쉬며 몸에 힘을 줬다.

휘청!

몸이 휘청거렸다. 하지만 넘어지진 않았다. 크리스티안 귄터보다 더 강한 몸싸움 능력을 지닌 하비 마르티네스, 만주키치, 단테와 같은 선수들과도 부딪쳐 봤다. 이 정돈 충분히 버틸 만한 수준이다.

"후우!"

이민혁이 숨을 강하게 내뱉었다. 폭발적으로 힘을 내기 위함이었다.

휘익!

상체를 왼쪽으로 한 번 강하게 틀어 낸 뒤, 다시 오른쪽으로 틀었다. 움직임은 부드러웠다. 공은 발의 안쪽에 찰싹 달라붙는 느낌이었다. 이젠 86이 되어 버린 드리블 능력은 확실히 진가를 드러냈다.

타앗!

땅을 박찼다. 크리스티안 귄터의 손길이 느껴졌다. 팔을 잡아채려는 것이겠지. 이민혁은 크리스티안 귄터의 의도를 파악했다. 휘익! 재빨리 팔을 빼내며 속도를 냈다. 이제 크리스티안 귄터의 손길은 느껴지지 않았다.

'수비수는 두 명, 토마스 뮐러가 중앙으로 파고들며 가짜 공격수 역할을 하고 있어. 뒤에 있는 피사로가 진짜군.'

파악은 끝났다. 파악하는 건 어렵지 않았다. 이미 여러 번 손발을 맞춰 봤던 전술이었으니까.

시간을 끌 필요도 없다. 지금이 타이밍이다. 이 타이밍을 놓친다면 피사로가 수비수보다 더 앞선에 위치해서 오프사이드가 될 것이다.

퍼엉! 이민혁이 공을 차 냈다. 오른쪽 윙어로 뛸 때마다 괜찮은 성공률을 보였던 오른발 크로스였다.

강하게 감아 찬 공이 적당한 높이로 날아갔다. 무릎 정도의 높이로 뜬 공이 상대 수비수 두 명을 빠르게 지나쳤다. 공이 잘 감기기도 했지만, 수비수들의 어그로를 끈 토마스 뮐러의 움직임도 좋았다.

하지만 문제가 하나 있었다.

잘 감긴 공이 피사로가 받아 내기 쉽지 않은 속도로 날아갔다는 것. 아무래도 힘이 너무 많이 실린 모양이었다. 훈련 때에 비하면 확연히 좋지 못한 크로스였다. 순간 61의 패스 능력치가 원망스러워졌다.

다만 걱정은 없었다.

'피사로라면.'

패스를 받는 선수가 클라우디오 피사로였으니까.

분데스리가에서 아주 오랜 시간을 뛰어 온 베테랑 스트라이커 클라우디오 피사로.

훈련 때 봐 왔던 그의 실력이라면 충분히 받아서 골을 넣을 수 있을 거라고 믿었다.

'충분히 넣겠지.'

이민혁의 예상은 틀리지 않았다.

투욱!

피사로는 양발을 모두 잘 쓰는 선수답게 왼발로 공을 컨트롤해 낸 뒤, 오른발로 슈팅을 때려 냈다.

페널티박스 안에서 때려 낸 강한 발리슛. 템포를 죽이지도 않고 빠른 타이밍에 때려 낸 슈팅. 힘이 제대로 실렸고 방향도 골대의 측면으로 향했다. 골키퍼가 손을 쓸 수 있을 리가 없었다.

철렁!

강하게 흔들린 골 망.

이민혁에겐 저 멀리서 뛰어오는 클라우디오 피사로와 다른 동료들의 모습이 보였다.

"으하하핫! 이 예쁜 녀석! 크로스 타이밍 아주 좋았다!"

'그렇게 좋은 크로스는 아니었는데, 타이밍이 좋다는 칭찬을 해 주네. 참 착한 양반이야.'

이민혁은 멋쩍게 웃으며 몸을 날리는 클라우디오 피사로를 피하지 않았다. 좀 무거워 보이긴 했지만, 열심히 웨이트 트레이닝을 했으니 괜찮을 거라고 생각하며 날아온 피사로를 받아 들었다.

"흡!"

더럽게 무겁네.

이민혁이 속에 있는 말을 삼킨 채, 피사로에게 축하의 말을 건넸다.

"축하해요, 피사로. 오랜만에 넣은 골이죠?"

"으하하! 맞아! 네 덕에 오랜만에 골 맛 봤다."

이어서 다른 동료들의 축하도 이어졌다.

그리고 지금.

이민혁의 눈앞엔 개인적인 축하 메시지가 떠오르기 시작했다.

＊　　　　　＊　　　　　＊

어시스트.

쉽게 말하면 동료의 골을 돕는 걸 의미한다.

어디까지나 돕는 것이기에 어시스트를 기록한 선수는 골을 넣은 선수보다는 주목받지 못한다.

그러나 상황에 따라 조금은 달라질 수 있다.

만약 어시스트를 기록한 선수가 오늘 분데스리가에서 데뷔전을 치르는 선수라면?

그 선수의 나이가 만 18세밖에 안 된다면?

그 어린 선수가 상대 풀백을 과감한 드리블로 완전히 제쳐 버리고 기록한 어시스트라면?

당연히 이야기는 달라진다.

지금, 바이에른 뮌헨의 홈구장에 가득 찬 관중들은 이민혁을 향해 커다란 함성을 보냈다.

우와아아아아아아!

이어서 이민혁이라는 선수에 관심을 가지기 시작했다.

"이름이 이민혁이라고? 데뷔전에서 저런 움직임이라니, 앞으로 좋은 선수가 될 수도 있겠어!"

"흐흐! 저런 실력이라면 언제든지 환영이지!"

"우리에게도 손흥민 같은 한국인 유망주가 생긴 건가?"

"스피드도 빠르고 드리블도 과감해. 잘만 크면 나이가 들고 있는 아르연 로번이나 프랑크 리베리의 뒤를 이을 수 있겠군."

같은 시각.

TV, 컴퓨터 앞에 앉아 경기를 시청하던 한국 축구 팬들은 자리에서 벌떡 일어나 환호했다.

한국의 어린 축구선수가 분데스리가에서 데뷔를 하고 공격포인트까지 기록했다는 사실에 전율을 느꼈다. 온몸이 짜릿해진 한국 축구 팬들은 잔뜩 흥분한 상태로 키보드를 두드렸다.

ㄴ다들 봤냐? 이민혁 실시간으로 어시스트 기록함!!!!!!

ㄴ당연히 봤지!!!!! 쒸바 미쳤다, 진짜!

ㄴ우리나라에도 드디어 수비수 하나 제칠 수 있는 선수가 나온 건가?

ㄴ드리블 개 시원하네ㅋㅋㅋㅋ근데 그 와중에 이민혁 막던 수비수 추하게 팔 잡아끌려는 거 봤음?ㅋㅋㅋ킬링 포인트는 그것도 안 통했다는 거ㅋㅋㅋ

ㄴ와 이민혁 몸은 좀 말라 보이는데 밸런스가 은근히 좋네. ㅋㅋ뒤에서 개쎄게 미는데 안 넘어지는 거 지렸다.

ㄴ이제 우리나라 국대 좌훈민 우민혁 보는 거임?ㅎㄷㄷㄷㄷ벌써 떨린다…….

ㄴㅋㅋㅋㅇㅈ 왼쪽 손훈민, 오른쪽 이민혁ㅋㅋㅋㅋㅋ오지네ㅋㅋ

현재 한국 국가대표팀에서 일대일 돌파를 자주 시도하는 선수는 없다고 해도 과언이 아니었다.

이에 한국 축구 팬들은 답답함을 느끼던 상태였다. 그러니 갑자기 튀어나온 돌파 능력 좋은 어린 선수가 예뻐 보일 수밖에.

그리고 지금.

[퀘스트를 완료하셨습니다!]
[퀘스트 내용: 분데스리가 데뷔전에서 어시스트를 기록하세요.]
[보상으로 경험치가 대폭 증가합니다.]

[퀘스트를 완료하셨습니다!]
[퀘스트 내용: 분데스리가에서 어시스트를 기록하세요.]
[보상으로 경험치가 대폭 증가합니다.]

[퀘스트를 완료하셨습니다!]

......

이민혁은 또다시 많은 양의 경험치를 얻었다.

어시스트를 기록한 것에 대한 보상이었다.

다만, 레벨이 오르진 않았다.

'골을 넣으면 오르려나?'

물론 현재 레벨이 50이니, 레벨을 올리는 데 많은 경험치가 필요한 건 당연한 일이었다.

경기는 바로 재개됐다.

프라이부르크는 4 대 0으로 밀리는 상황에서도 여전히 수비에 치중했다. 이길 생각이 없어 보였다.

후반전 85분이 넘어가자 프라이부르크의 팬들은 실망스러운 표정으로 경기장을 빠져나갔다. 비싼 돈 주고 산 티켓이지만, 경기를 더 보고 있으면 속이 터져 죽을 것 같았다.

"젠장! 이딴 경기를 할 줄 알았으면 보러 오지도 않았지!"

"난 오늘부터 프라이부르크의 팬을 안 할 거야."

"자네 저번 경기 때도 그렇게 말하지 않았나?"

"시끄러, 빨리 가자. 더 보다간 열이 뻗쳐서 죽을 것 같으니까."

프라이부르크 팬들이 앉아 있던 관중석은 눈에 띄게 텅 비어 버렸다.

팬들이 떠났기 때문일까?

프라이부르크는 그나마 버티고 있던 힘마저 잃은 것처럼 보였다.

수비 집중력이 흔들리는 모습을 보였고, 바이에른 뮌헨은 그 빈틈을 놓치지 않았다.

터엉!

필립 람의 발에서 나온 전진패스였다. 이민혁이 공을 받아서 바로 피사로에게 연결했다. 피사로는 수비를 등지고 공을 페널티 박스 안으로 툭 집어넣었다. 뒤꿈치로 원터치로 보내는, 센스가 돋보이는 패스였다.

타앗!

공을 받은 선수는 토마스 뮐러. 연습 경기 때도 수준이 다른 모습을 보여 주던 그는 침착하게 슈팅 페인팅으로 수비 하나를 제친 뒤에서야 슈팅을 때렸다. 슈팅은 정확했다. 골키퍼가 막기 힘든 코스를 정확히 찔러서 기어코 골을 만들어 냈다.

화려하진 않지만, 바이에른 뮌헨에서 탑급에 속할 정도로 기본기가 좋고 센스 있는 플레이를 펼치는 남자.

그런 토마스 뮐러가 만들어 낸 골이었다.

경기는 머지않아 종료됐다.

최종 스코어는 5 대 0.

바이에른 뮌헨의 선수들은 리그 최강팀다운 경기력을 보여 줬고.

팬들은 그런 선수들을 향해 큰 함성으로 보답했다.

이민혁은 동료들, 그리고 상대 팀 선수들과 가벼운 인사를 나누며 시간을 보냈다. 물론 눈앞에 떠오른 메시지를 힐끔 보며 씨익 미소 짓기도 했다.

[퀘스트를 완료하셨습니다!]
[퀘스트 내용: 분데스리가 데뷔전에서 승리하세요.]
[보상으로 경험치가 대폭 증가합니다.]

프라이부르크전이 끝난 이후, 이민혁은 알 수 있었다.
이 경기에서 확실히 많은 경험치를 얻었다는 것을.
알 수밖에 없었다.
바로 다음 날에 펼쳐진 연습 경기에서 레벨이 올랐으니까.
연습 경기에서 승리한 다음에 일어난 일이었다.
퀘스트를 완료했다는 메시지 하나와 함께 떠오른 레벨업 메시지.

[레벨이 올랐습니다!]

이민혁은 그걸 보며 피식 웃음을 흘렸다.
'역시 분데스리가야. 여기에서 오래 살아남을 수만 있다면 얼마나 빠르게 성장할 수 있을까?'
욕심이 났다. 동시에 궁금해졌다.
'분데스리가가 이 정도면 EPL이나 라리가는 어떨까? 어디가 더 많은 경험치를 줄까?'
분데스리가와 함께 세계 최고의 리그들이라는 프리미어리그와 라리가에서 뛰게 되면 얼마나 많은 경험치를 얻게 될지.
과연 분데스리가에서 받았던 경험치보다 더 많은 경험치를 얻게 될 수 있을지.

그게 궁금해졌다.

이민혁은 이내 고개를 저었다.

'아니야. 지금은 그런 생각을 할 때가 아니야.'

다른 리그를 생각할 여유 따윈 없다.

당장 이곳에서 살아남는 것에만 집중해야 할 때였다.

바이에른 뮌헨의 다음 일정은 9일 뒤에 있다. 짧은 시간이다.

오늘 후반에 교체 출전을 한 것치고는 괜찮은 활약을 했다고 생각하지만, 제르단 샤키리는 더 좋은 활약을 펼쳤다. 게다가 아르연 로번도 1개의 어시스트를 기록하고 나왔다.

경쟁 선수들에 비해 크게 앞선 게 없다는 것이다. 당연히 다음 경기에 출전할 수 있을지도 알 수 없다.

'어떻게든 출전해야 해. 당장 다음 경기에 출전하지 못하더라도 그 다음엔 꼭 해야 해.'

축구선수에게 경기 감각은 중요하다.

이민혁은 데뷔전을 치르며 조금이지만 감각이 올라왔다고 느꼈다. 다만 이 감각을 살리고, 더 개발하려면 최소한 다다음 경기에는 출전해야 한다고 생각했다.

'다음 상대가… 아마 하노버였지?'

하노버 96.

바이에른 뮌헨이 바로 다음 일정에 상대해야 할 팀이다.

현재 리그 10위를 기록하고 있는 팀인 만큼 절대 무시할 수 없는 팀. 적어도 프라이부르크보다는 강한 팀이다.

'하노버전에서 뛰고 싶다.'

욕심이 났다.

축구선수라면 어쩔 수 없는 욕심. 강한 팀과 붙어 보고 싶은 욕심이다. 하노버전에서 뛸 수 있다면 분명 성장에 큰 도움이 될 것 같았다.

'훈련에서 더 잘해야겠지.'

이민혁은 바이에른 뮌헨에 와서 제대로 느낀 게 있었다.

열심히는 누구나 한다. 이곳에 있는 선수들은 전부 제 나라에서 가장 재능 있는 선수들인데, 다들 미친 듯 노력한다. 방법은 조금씩 다르지만 다들 열정이 어마어마하다.

최고의 재능을 가진 선수들이 노력까지 한다. 2군 선수들이 웬만해선 치고 올라오지 못하는 게 이해가 됐다.

왜 바이에른 뮌헨이 독일 최강팀이고, 세계적으로도 손에 꼽히는 강팀인지 이해가 됐다.

이곳에서 노력은 기본적으로 깔고 가는 것이었다.

필요한 건 '잘하는 것'이다.

'남은 시간 동안 눈에 띄게 잘해 보자. 감독님이 내가 뛰는 모습을 다시 보고 싶게끔, 기대하게끔 만들어야 해.'

이민혁이 눈을 빛냈다.

목표를 잡았다. 9일 뒤에 있을 하노버와의 경기에 출전하는 것. 목표를 잡았으니 방법을 생각했다. 훈련 때 어떤 플레이를 펼쳐서 잘할 것이냐에 대한 생각.

'그전에.'

먼저 할 일이 있었다.

'능력치부터 올려야지.'

레벨이 오르며 얻은 스탯 포인트를 사용해야 했다.

[스탯 포인트 2를 사용하셨습니다.]
[민첩 능력치가 2 상승합니다.]
[현재 민첩 능력치는 76입니다.]

'가 보자.'

스탯 포인트를 사용한 지금, 이민혁은 몸을 풀던 것을 멈추고 형광색 조끼를 입었다.

연습 경기가 시작될 시간이었다.

*   *   *

9일이라는 시간은 빠르게 흘렀다.

이민혁은 정말 열심히 했다. 열심히 한 만큼 잘하기도 했다.

문제는 다른 선수들도 열심히 하고 잘했다는 것이었다. 그래도 이민혁은 데뷔전에 어시스트를 기록하며 눈도장을 찍었다는 이유로 현지 팬들의 관심을 받는 상태였다.

바이에른 뮌헨은, 펩 과르디올라 감독은 차세대 스타가 될 수도 있는 선수를 키우는 데에 주저하지 않았다.

'잘하면 출전할 수도 있겠어.'

선발 출전은 아니었다.

후보였다. 그렇다고 아르연 로번이나 프랑크 리베리, 제르단 샤키리에게 밀렸냐면 그것도 아니다.

프랑크 리베리는 아직 부상을 회복 중이고, 아르연 로번은 후보 명단에 이름을 올렸고 제르단 샤키리는 후보 명단에도 이름을 올리지 못했다.

결과적으론 바이에른 뮌헨의 윙어들이 전부 출전을 못 했다.

못해서? 아니, 이들은 모두 잘해 왔다.

훈련 때도 항상 잘했다.

이유는 팀의 전술 때문이었다.

펩 과르디올라 감독이 자주는 아니지만 가끔 사용하는 전술.

이 전술엔 파괴력을 가진 윙어보단 많이 뛰고 공을 안정적으로 지키고 정확한 패스를 뿌릴 수 있는 선수가 어울린다.

그래서 오늘 미드필더로 출전한 선수는 토마스 뮐러와 마리오 괴체, 슈바인슈타이거, 필립 람, 티아고 알칸타라. 이 선수들 모두 공을 지키는 능력이 좋고 움직임 센스, 패스 센스 모두 좋은 선수들이다. 더불어 많이 뛰기도 하고.

이처럼 감독이 전술에 필요로 하는 선수가 아님에도.

이민혁은 경기에 출전할 것 같다는 느낌을 받았다.

단순한 감은 아니다.

지금 펼쳐지고 있는 전술은 이민혁과도 잘 맞는 전술이다. 토마스 뮐러나 마리오 괴체보다 패스 능력은 떨어지지만, 역습 땐 더 좋은 효율을 낼 자신이 있었다.

'오히려 원래 사용하던 전술이었으면 출전하지 못했을 수도 있어. 아르연 로번이나 제르단 샤키리를 쓰는 게 더 나을 테

니까.'

이민혁의 생각은 정확히 맞아떨어졌다.

*   *   *

하노버와의 경기 후반 61분.

선수를 교체하기엔 조금 이른 시간임에도 펩 과르디올라 감독은 과감히 교체 카드를 사용했다.

"민혁, 자신감 있게 뛰고 오세요."

마리오 괴체를 불러들이고 이민혁을 경기장에 들여보내는 교체.

이민혁은 씨익 웃으며 감독의 말에 답했다.

"예. 다 쏟아붓고 돌아오겠습니다."

이민혁은 마리오 괴체와 가벼운 포옹을 한 뒤에 경기장을 향해 뛰어 들어갔다. 몸이 근질거리던 참이었다. 다시 뛸 수 있게 됐다는 사실에 기쁨이 몰려왔다.

게다가 실시간으로 눈앞에 떠오르고 있는 메시지들은 그 기쁨의 크기를 더욱 키워 냈다.

[퀘스트를 완료하셨습니다!]
[퀘스트 내용: 분데스리가 경기에 2경기 연속으로 출전하세요.]
[보상으로 경험치가 대폭 증가합니다.]

[퀘스트를 완료하셨습니다!]

[퀘스트 내용: 만 20세 이하의 나이에 분데스리가 경기에 2경기 연속으로 출전하세요.]
[보상으로 경험치가 대폭 증가합니다.]

[퀘스트를 완료하셨습니다!]
[퀘스트 내용: 만 19세 이하의 나이에⋯⋯.]
⋯⋯.

[레벨이 올랐습니다!]

Chapter. 4

[스탯 포인트 2를 사용하셨습니다.]
[민첩 능력치가 2 상승합니다.]
[현재 민첩 능력치는 78입니다.]

레벨이 오르며 받은 스탯 포인트를 사용한 직후.

이민혁은 아무 일도 없었다는 듯 경기에 집중했다.

마리오 괴체와 교체되어 들어온 지금, 그의 포지션은 왼쪽 미드필더. 윙어라고 하기엔 조금 처진 위치였다.

시간은 후반 61분이 지나 62분이 되어 가고 있었고, 주심은 경기를 재개했다.

잘하고 싶다. 이민혁은 그렇게 생각했다.

교체 출전이었지만, 많은 걸 보여 주고 싶었다. 저번 경기보다 출전 시간도 많지 않은가.

어시스트를 기록하고 싶고 골도 넣고 싶다.

'진정하자.'

이민혁의 눈빛이 가라앉았다.

하고 싶은 것을 전부 이룰 수 있는 자리가 아니다. 적어도 하노버전은 그렇다.

우선 할 수 있는 것, 팀과 감독이 원하는 플레이를 하는 게 먼저였다. 그러다 보면 기회가 찾아올 것이고, 그 기회를 놓치지 않고 물어뜯으면 된다.

그래서 생각했다.

'감독님이 내게 원하는 게 뭘까?'

현재 스코어는 3 대 0.

독일 최강팀인 바이에른 뮌헨은 현재 분데스리가 10위인 하노버를 상대로도 압도적인 경기를 펼쳤다.

이민혁이 들어오기 전에 만들어진 스코어였다.

후반이었고 60분이 넘었다. 경기는 사실상 소강상태였다.

이때, 감독이 원하는 것이 뭔지 알아채는 건 그리 어렵지 않다.

'분위기를 바꾸는 것. 적극적으로 뛰며 팀에 활발함을 불어넣는 것이겠지. 상대 풀백을 뚫고 공격포인트를 기록하면 더 좋겠고.'

쉽게 생각하면… 그냥 잘하면 된다. 잘해서 지금의 분위기를 바꿔 버리면 된다.

이민혁이 봐 온 펩 과르디올라 감독은 팀이 이기고 있다고 해서 경기가 소강상태에 빠지는 걸 싫어하는 사람이다.

매 순간 최선을 다해서 끝까지 골을 넣기 위해 움직이는 걸 좋아하는 사람이다.

그걸 알기에.

'한번 만들어 보자.'

이민혁은 어떻게든 공격포인트를 만들 생각이었다.

*   *   *

바이에른 뮌헨과 프라이부르크의 경기가 끝난 직후.

한국의 방송사들은 긴급히 회의에 들어갔다.

"분데스리가 중계권을 따내야 합니다!"

"금액이 너무 큽니다! 손해를 볼 수도 있지 않습니까?"

"이민혁은 손흥민보다도 더 클 수 있는 유망주입니다! 펩 과르디올라 감독이 이렇게 기회를 주는 걸 보면 머지않아 바이에른 뮌헨의 주전 윙어가 될 가능성이 높아요! 하루라도 빠르게 중계권을 얻어 내야 합니다!"

"검토를 해 보도록 하죠."

"지금도 너무 늦었어요! 당장 진행해야 한단 말입니다!"

분데스리가 중계권을 따내야 한다는 의견과 너무 성급하다는 의견이 부딪쳤다.

당연한 일이었다. 위험을 무릅쓰고 더 많은 이득을 취하려는 사람과 현재를 지키려는 사람은 의견이 맞기 어려웠으니까.

반면, 이미 분데스리가의 중계권을 따낸 스포츠 전문 채널 방송사는 로또라도 맞은 것 같은 분위기를 보였다.

"뭐? 바이에른 뮌헨이랑 하노버 경기에서 또 출전할 수도 있다고? 으하하하! 이민혁이 아주 복덩이구만?!"

"우선 명단에 이름을 올린 건데, 그것만으로도 시청률이 굉장히 많이 오를 겁니다! 만약 출전이라도 한다면… 그건 정말 대박이죠!"

"소문에는 손흥민보다 더 유망하다는 말이 있던데… 진짜 그렇게 되기만 한다면……!"

이민혁.

만 17세의 나이에 바이에른 뮌헨에 입단한 이 어린 소년이 제대로 잭팟을 터뜨려 줬다.

독일 4부 리그에서 잘할 때까지만 해도 긴가민가했는데, 만 18세가 되자 바이에른 뮌헨 1군에 이름을 올리더니 이제는 경기에 출전해서 어시스트까지 기록했다.

그리고 지금.

하노버전 후반전이 펼쳐지고 있는 지금.

스포츠 전문 방송사의 해설들은 어느 때보다도 더 열정적인 목소리를 냈다.

—오래 기다리셨습니다! 드디어 이민혁 선수가 출전합니다! 2경기 연속 출전! 한국의 축구 팬 분들이 기다렸던 순간이 왔습니다!

—현재 바이에른 뮌헨에서 집중적으로 키우고 있다는 이민혁 선수는 과연 어떤 모습을 보여 줄까요? 지난 프라이부르크전 때와 같이 공격포인트를 기록할 수 있을까요?

─이민혁! 들어오자마자 적극적인 움직임을 보여 줍니다!

이민혁은 들어온 지 3분도 지나지 않아서 해설들을 흥분시켰다.

─이민혁이 상대 풀백을 가볍게 제쳐 냅니다! 과감합니다! 그리고 빠릅니다!
─드리블이 굉장히 좋네요!

상대 풀백을 상대로 망설임 없이 돌파를 시도했고 깔끔하게 성공시켰다.

해설들은 놀랐지만, 이민혁에겐 그리 놀랍지 않은 일이었다.

현재 그의 드리블 능력치는 86. 속도는 85다. 민첩도 78로 이제는 꽤 높다. 더구나 꾸준한 훈련으로 86이라는 드리블 능력치만큼의 실력을 뽑아낼 수 있게 됐다. 드리블 기술들도 아르연 로번에게 직접 배웠고, 각종 영상으로 익혔다. 이젠 여러 패턴을 사용할 수 있게 됐다.

게다가 평소에 상대하는 풀백들이 필립 람, 하피냐, 데이비드 알라바, 디에고 콘텐토 같은 괴물들이다.

하노버의 풀백도 나쁘지 않은 실력을 지녔지만, 지금의 이민혁에겐 어렵지 않은 상대였다.

─이민혁! 왼쪽 측면을 파고듭니다! 하노버의 중앙수비수가 이민혁에게 달려옵니다! 이민혁, 바로 크로스를 올리나요? 어어……?!

해설의 눈이 커졌다. 목소리도 높아지다 못해 삑사리가 났다.

그럴 수밖에 없었다.

크로스를 올릴 줄 알았던 이민혁이 그대로 공을 몰고 달려오는 상대 중앙수비수의 앞에서 여유 있게 공을 치며 파고들었으니까.

순간적으로 방향을 틀어서 중앙으로 파고드는 움직임. 아르연 로번의 시그니처 무브가 즉시 떠오르는 그 움직임을 펼쳤다.

하노버의 중앙수비수로선 이민혁이 패스를 찔러 넣을지, 돌파를 시도할지, 슈팅을 시도할지, 예상을 할 수 없는 상황이었다.

당연하게도 쉽게 발을 뻗지 못하고 뒷걸음질을 쳤다.

이민혁이 원하던 그림이었다.

―과, 과감합니다! 계속 들어갑니다! 설마 슈팅을 때리려는 걸까요?

쉬익!

민혁은 아이페이크를 준 뒤, 오른발을 빠르게 휘둘렀다.

파워가 아닌, 임팩트에 신경을 쓴 슈팅. 원하는 방향으로 제대로 감기는 것에 집중한 슈팅을 때려 냈다.

터엉!

이민혁의 입가에 옅은 미소가 지어졌다.

발에 걸리는 느낌이 좋았다. 정확하게 맞았을 때 나는 느낌. 예리한 슈팅 스킬이 발동되지는 않았지만, 이 정도 느낌이라면 충분했다.

발을 떠난 공은 반대편 골대 구석 상단으로 파고들었다.

80이라는 슈팅 능력치와 수많은 연습이 만들어 낸 결과였다.

─드, 들어갔습니다! 고오오오오올! 이민혁! 이민혁이 두 경기 연속 공격포인트를 기록합니다!

─한국의 이민혁 선수가 분데스리가 두 경기 만에 첫 골을 터뜨립니다! 정말 대단하네요!

골을 넣은 이민혁은 카메라의 앞으로 달려간 뒤 스스로의 가슴을 강하게 두드리며 포효했고.

전 세계 축구 팬들은 눈을 크게 뜨고 그 장면을 지켜봤다.

"쟤 뭐야? 난 도르트문트의 팬이지만… 쟤는 좀 멋있는데……? 도르트문트로 데려오면 안 되나?"

"방금 움직임은… 거의 로번과 흡사했어. 방금과 같은 슈팅을 자유자재로 할 수 있다면… 바이에른 뮌헨의 공격력은 더 무서워지겠는걸?"

"젠장! 가뜩이나 강한 팀이 더 강해지겠네!"

같은 시각.

이민혁의 골 장면을 본 한국 축구 팬들의 반응은 유난히 뜨거웠다.

ㄴ한 경기 반짝한 거면 모를까, 두 경기 연속이면 이건 진짜 설레발 아니지 않음? 진짜 역대급 유망주 나온 거 아님?

ㄴ묵묵하게 지켜보자. 아직 설레발이야. 괜히 언론에서 띄워 주다가 자만해서 무너진 유망주들이 한둘이냐? 제발 좀 그냥 조용히 응원하자.

ㄴ묵묵충은 닥쳐라.

ㄴㅋㅋㅋㅋ바이에른 뮌헨에서 2경기 연속 출전해서 공격포인트 계속 올리고 있는데 묵묵할 필요가 있나?ㅋㅋㅋ보니까 실력도 개 좋더만ㅋㅋ이민혁 얘는 절대 거품은 아님.

ㄴ근데 방금 골 로번 생각나던데?ㅋㅋㅋㅋ나만 그렇게 생각했나?

ㄴㅋㅋㅋ로번이랑 비교하는 건 선 넘는 거지. 근데 확실한 건 드리블이랑 슈팅이 굉장히 좋더라.

한국인이 세계적인 리그인 독일 분데스리가에서, 그것도 분데스리가에서 가장 강하고 유명한 팀인 바이에른 뮌헨에서 활약하는 것.

이 사실에 한국의 축구 관련 커뮤니티와 관련 기사의 댓글들은 다음 날 아침까지도 뜨겁게 불탔다.

그리고.

바이에른 뮌헨과 하노버의 경기가 펼쳐지고 있는 경기장도 뜨겁게 불타고 있었다.

"슈팅 미쳤는데? 민혁, 컨디션 좋아 보인다?"

"워후! 요즘 훈련 때 로번과 비슷하다는 말을 듣더니, 이번엔 진짜 로번 같았어! 벤치에 있는 로번도 되게 좋아하던데?"

"너는 어째 날이 갈수록 움직임이 좋아지냐?"

관중들의 환호와 동료들의 축하를 받은 이민혁이 씨익 웃었다.

'다행히 슈팅이 잘 맞았어.'

슈팅을 때린 순간, 내심 예리한 슈팅 스킬이 발동되길 기대했다. 하지만 20% 확률은 높으면서도 낮게 느껴진다. 아쉽게 스킬이 발동되지 않았다. 그래도 슈팅을 때릴 때의 느낌이 너무 좋았다. 골을 확신할 수 있을 정도로.

'앞으로도 계속 슈팅을 갈고닦아야겠어.'

이민혁은 앞으로 더 노력하겠다는 다짐을 하며 눈앞의 메시지를 바라봤다.

분데스리가에서 골을 넣은 것에 대한 보상은 확실히 좋았다.

[퀘스트를 완료하셨습니다!]
[퀘스트 내용: 분데스리가에서 골을 기록하세요.]
[보상으로 경험치가 대폭 증가합니다.]

[퀘스트를 완료하셨습니다!]
[퀘스트 내용: 분데스리가에서 2경기 연속 공격포인트를 기록하세요.]
[보상으로 경험치가 대폭 증가합니다.]

[퀘스트를 완료하셨습니다!]

[퀘스트 내용: 만 20세 이하의 나이에 분데스리가에서 골을 기록하세요.]

[보상으로 경험치가 대폭 증가합니다.]

[퀘스트를 완료하셨습니다!]

…….

[레벨이 올랐습니다!]

[스탯 포인트 2를 사용하셨습니다.]

[민첩 능력치가 2 상승합니다.]

[현재 민첩 능력치는 80입니다.]

*   *   *

바이에른 뮌헨과 하노버의 경기는 추가골 없이 종료됐다.

4 대 0 스코어.

하노버에겐 끔찍한 패배였고, 바이에른 뮌헨에겐 달콤한 승점을 따낸 경기였다.

다음 날.

이민혁은 펩 과르디올라 감독에게 불려 가 개인적으로 칭찬을 받았다.

앞으로도 더 정진하면 계속 기회를 얻을 수 있을 거라는 말을 들었다.

다만, 이어진 경기인 샬케 04와의 경기엔 출전하지 못했다.

후보 명단엔 이름을 올리고 벤치에 앉았지만, 주전 선수들의 활약이 너무 뛰어났다.

아르연 로번이 최상의 컨디션을 보이며 해트트릭을 기록했고, 만주키치와 마리오 괴체, 데이비드 알라바도 한 골씩을 넣으며 6 대 1로 대승을 거두는 바람에 이민혁에겐 기회가 오지 않았다.

바이에른 뮌헨의 분위기는 한없이 달아올랐다.

압도적인 승점을 기록하며 여전히 분데스리가 1위를 달리고 있고, 최근 챔피언스리그 16강에도 진출하며 팀의 자신감은 끝이 보이지 않을 정도로 높아졌다.

이민혁은 다행히 24라운드 경기인 볼프스부르크전에서 출전 기회를 얻었다.

이 경기에서 이민혁은 후반 70분에 교체되어 들어가 1개의 어시스트를 기록하며 다시 한번 펩 과르디올라 감독을 웃게 했다.

더불어 독일 현지 팬들의 기대감도 높아졌다.

"하하하! 이번 시즌의 바이에른 뮌헨은 무적이야! 절대 안 질 것 같은 느낌을 주고 있다고!"

"요즘 바이에른 뮌헨 경기 보는 맛에 산다니까? 이런 분위기라면 리그 우승은 당연한 일이 되어 버렸어!"

"난 온몸에 바이에른 뮌헨의 유니폼 문신을 할 거야!"

계속해서 좋은 경기력으로 성적을 내자, 바이에른 뮌헨의 팬들의 응원은 더욱 열정적으로 변했다.

이어진 경기인 아스날 FC와의 챔피언스리그 16강 2차전에

서까지 승리하며 2013/14 챔피언스리그 8강 진출을 확정했을
땐.

팬들은 그야말로 난리가 났다.

다만, 한국 축구 팬들은 아쉬움을 느꼈다.

이민혁이 챔피언스리그에 출전하길 바랐지만, 그러지 못했으니
까.

하지만 아쉬웠던 것도 잠시.

한국 축구 팬들은 뜨겁게 열광했다.

한국 최대 포털사이트 네이바의 검색어 순위에도 이민혁의 이
름이 1위에 올랐다. 한국 축구 팬들은 그 어느 때보다도 이민혁
에게 많은 관심을 보였다.

놀라운 일은 아니었다.

바이에른 뮌헨의 바로 다음 일정인 분데스리가 25라운드 경
기.

그 경기의 선발 명단에 이민혁의 이름이 올라가 있었으니까.

더구나.

바이에른 뮌헨의 상대는 바이어 04 레버쿠젠이었으니까.

레버쿠젠의 선발 명단엔 대한민국의 최고 유망주 손흥민의 이
름이 올라가 있었으니까.

*   *   *

한국인 선수끼리 타지에서 만나서 붙는 코리안 더비.

자주 일어나기 힘든 일이다.

게다가 분데스리가에서의 코리안 더비는 더욱 일어나기 힘들다.

분데스리가는 세계 최고 수준의 선수들이 모이는 곳이고, 한국은 축구에 강한 나라가 아니었으니까.

「바이에른 뮌헨 vs 레버쿠젠, 이민혁, 손훈민 선발 확정! 팬들이 기다리던 코리안 더비 펼쳐진다!」

「3월 중순, 코리안 더비 펼쳐진다! 이민혁과 손훈민 중 한국 최고의 유망주는 누구?」

「손훈민 vs 이민혁! 드디어 맞붙는다.」

당연하게도 한국 축구 팬들은 곧 펼쳐지게 될 코리안 더비를 기다리며 흥분했다.

ㄴㅋㅋㅋ코리안 더비!!!!!!!!!! 결국 손훈민이랑 이민혁이 만나네ㅋㅋㅋ

ㄴ누가 이길 것 같음?

ㄴ누가 이기고 그런 건 중요하지 않고 경기는 당연 바이에른 뮌헨이 이기겠지. 바이에른 뮌헨 아마 이번 시즌 무패일걸?

ㄴ미친ㅋㅋㅋ레버쿠젠이 경기는 못 이기겠구만. 그럼 활약은 손훈민이 더 잘하려나?

ㄴ모르지. 근데 손훈민 요즘 폼이 좋긴 함. 문제는 이민혁의 폼이 더 좋아 보인다는 거지.

ㄴ이민혁은 아직 선발로 뛴 적이 없잖아? 첫 선발에서 코리안 더비라니ㅋㅋㅋ 긴장 엄청 하겠네.

이번 시즌 분데스리가에서 날아다닌다는 말을 들을 정도로 잘하고 있는 손흥민.

이제 겨우 분데스리가 3경기에 출전했을 뿐이지만, 출전할 때마다 공격포인트를 기록하고 있는 이민혁.

이 선수들이 맞붙는다는 사실은 한국 축구 팬들에겐 특별한 일이었고, 경기가 열리는 날만을 기다리게 했다.

이민혁 역시 흥미를 드러냈다.

'손흥민 선배랑 드디어 만나게 됐네. 그것도 선발로.'

평소에 손흥민을 좋아했다. 어린 나이에 한국인으로서 분데스리가에서 좋은 활약을 펼치는 선수를 안 좋아할 이유가 없었다.

게다가 손흥민은 인성도 좋기로 유명했다. 물론 전부 소문이지만.

'아니 땐 굴뚝에 연기 날까. 인성이 좋지 않았으면 분명 그렇게 소문이 났겠지. 근데 손흥민 선배는 업계에 좋은 쪽으로만 소문이 나 있잖아?'

실제로 바이에른 뮌헨 팀 동료들에게 질문을 받은 적이 있다.

손흥민과 친하냐고. 그 친구 굉장히 성격도 좋고 잘한다던데 연락은 하고 지내냐고.

그럴 때마다 이민혁은 웃으며 고개를 저었다.

친해지고 싶지만, 아직 만난 적이 없다고 말했다.

진심이었다. 이민혁은 아직 손흥민을 만난 적이 없고, 친해질 수 있다면 그러고 싶었다. 물론 친해지는 건 마음대로 할 수 있는 일은 아니었지만.

'우선 훈련에 집중하자.'

첫 선발이었다.

바이에른 뮌헨 1군에 들어와서의 첫 선발.

이건 이민혁 개인에게도 의미가 있지만, 바이에른 뮌헨 관계자들과 펩 과르디올라 감독에게도 큰 의미가 담겨 있는 일일 것이다.

팀에서 키우는 유망주가 교체로 출전시킨 3경기에서 전부 공격포인트를 올렸다. 그런데 선발로 출전해선 아무런 활약도 못한다?

실망스러울 게 분명했다.

'팀을 실망하게 만드는 선수가 되고 싶진 않아.'

레버쿠젠과의 경기가 펼쳐질 때까지 최선을 다해서 실력을 갈고닦겠어.

이민혁은 그렇게 생각하며 훈련장 안으로 뛰어 들어갔다.

*　　　　*　　　　*

바이어 04 레버쿠젠.

올 시즌 아주 좋은 경기력을 보이며 분데스리가 3위에 올라 있는 팀.

당연하게도 팀 분위기도 매우 좋았다.

그중 유난히 분위기를 띄우고 있는 분위기 메이커가 있었다.

"하하! 슈테판! 방금은 넣어 줬어야지!"

"쏜! 네 패스가 너무 짧았다고! 그리고 너, 슈팅 때리려다가 타이밍 놓쳐서 패스한 거 다 알아!"

"뭐? 그걸 눈치챘다고? 역시 넌 최고의 공격수야!"

"최고… 그런 말 안 통해! 다음부턴 똑바로 패스하라고!"

"푸하핫! 빨개진 얼굴이나 어떻게 하고 말해."

손훈민.

팀에서 쏜 또는 쏘니라고 불리는 이 한국인 선수는 올 시즌 함부르크에서 이적해 온 선수다.

그는 한국에서는 당연하고, 독일 내에서도 인기가 많다.

특히 레버쿠젠 팬과 팀 동료들에겐 성격이 좋고 잘 웃는 덕에 더욱 인기가 많은 선수다.

지금도 그랬다.

그의 주변엔 동료들이 항상 들끓었고 웃음이 터져 나왔다.

"으하하하! 슈테판 키슬링이 쏘니한테 한 방 먹었네!"

"쏘니! 오늘 저녁은 어디서 먹을 생각이야? 또 레노랑 둘이서만 맛있는 거 먹으러 가는 거 아니지?"

"쏜은 오늘 나랑 놀기로 했어. 저번에 했던 축구 게임 승부를 가려야 하거든!"

하지만 성격이 좋다는 이유만으론 분데스리가에서 살아남을 수 없다.

성격만으론 동료들에게 인정받을 수 없다. 이곳은 한국이 아닌 독일이었으니까.

세계 최고의 리그중 하나인 이곳에서 살아남으려면 확실한 실력이 있어야 했다.

손훈민은 실력이 있다.

비록 기복이 심하다는 단점이 있지만, 시즌 중반이 지난 지금까지 많은 경기에 출전하며 팀의 주축 중 하나가 된 선수이기도 했다.

빠른 스피드와 양발로 때려 내는 대포알 같은 슈팅.

전 세계 감독들이 탐내는 무기를 가진 그는 바이에른 뮌헨전을 앞두고도 특유의 웃음을 흘리며 즐겁게 훈련했다.

다만, 손훈민은 내심 긴장하고 있었다.

'바이에른 뮌헨과의 경기는 항상 떨린단 말이야. 아무래도 세계 최고의 팀 중 하나니까 어쩔 수 없는 건가? 휴우~! 정말 마음 같아선 최고의 팀을 상대로 골을 넣고 싶지만, 그것보다도 우리 팀이 이겼으면 좋겠어.'

그는 팀이 승리해서 승점을 따내기를 바랐고, 그게 쉽지 않을 거라는 사실도 인지하고 있었다.

또, 한국 언론이 코리안 더비에 관심이 있다는 것도 알고 있었다.

그래서 기대했다.

'이민혁이라고 했지? 진짜 잘하던데… 나도 질 순 없지! 이민혁이랑 내가 모두 잘해서 한국 팬들에게 재밌는 경기를 보여 줬으면 좋겠다.'

자신과 이민혁 모두 좋은 활약을 펼치기를.

*　　　　*　　　　*

레버쿠젠과의 경기가 펼쳐지는 날은 빠르게 다가왔다.

바이에른 뮌헨 선수들 모두 레버쿠젠전을 따로 준비하지는 않왔다. 그저 매일 펼쳐지는 훈련에 성실히 참여할 뿐이었다.

다만, 전술에 변화는 있었다.

이전의 전술이 측면에 힘을 실었다면, 이번에 바이에른 뮌헨이 준비한 전술은 중원 싸움에 더 큰 힘을 실었다.

그래서 펩 과르디올라 감독은 최근 수비형 미드필더로 사용하던 필립 람을 오늘은 벤치에 대기시키고, 중원에서 상대와 거칠게 싸워 주는 슈바인슈타이거를 선발로 내세웠다.

바스티안 슈바인슈타이거, 토니 크로스, 아르연 로번, 토마스 뮐러, 그리고 이민혁까지.

오늘 펼쳐질 레버쿠젠과의 경기에 나설 선발 미드필더들이었다.

경기 시작까지 그리 많은 시간이 남지 않았을 때.

경기장에 들어가길 기다리던 이민혁의 눈에 손흥민이 보였다.

'진짜 손흥민 선수네.'

레버쿠젠 선수들 사이에서 웃으며 대화를 나누고 있는 손흥민을 실제로 보니 신기했다.

지금까지 TV에서만 봐 왔고, 한때는 우상처럼 생각했던 선수였다.

물론 요즘엔 아르연 로번과 프랑크 리베리가 우상이었지만.

'먼저 인사하자.'

원래부터 호감이 있었고, 워낙 반가웠기에 이민혁의 행동엔 거침이 없었다.

"안녕하세요."

한국말로 내뱉은 인사.

그 인사에 손흥민도 기다렸다는 듯 손을 흔들었다.

"오! 이민혁 선수 맞죠? 반가워요."

"팬이에요, 손훈민 선배님."

팬이라는 말에 손훈민이 웃으며 손을 내저었다.

"선배님이라뇨. 그냥 편하게 해 줘요. 어차피 독일에 한국 선수도 별로 없는데, 우리끼리라도 편하게 지내야죠."

"먼저 편하게 해 주세요. 저 올해 20살이에요."

"한국 나이로 20살이죠?"

"예."

"제가 23살이니까 3살 더 많네요. 그럼 정말 편하게 말해도 돼요?"

"당연하죠."

"그래, 그럼 편하게 할게. 너 경기한 영상 봤는데, 진짜 잘하더라."

이민혁이 씨익 웃었다.

실제로 본 손훈민의 인상은 역시나 좋았다. 말투도 동네 형처럼 친근했고, 순수해 보였다.

"저야말로 형 영상 보고 많이 배우고 있어요."

사실이었다.

국내에서도 그렇고, 현지에서도 손훈민은 기복이 있는 선수라는 평을 받지만, 컨디션이 좋은 날에는 무시무시한 모습을 보이는 선수였다.

그의 컨디션이 좋은 날 경기했던 영상엔 배울 게 많았다.

'특히 슈팅은 아직도 보고 배우고 있죠.'

다른 부분도 뛰어나지만, 손훈민의 슈팅은 볼 때마다 감탄이 나온다.

양발 모두 자유자재로 쓰며 때려 내는 슈팅 능력은 이민혁에겐 없는 무기였기에 더욱 대단하게 느껴졌다.

"하하! 바이에른 뮌헨에서 뛰는 선수한테 이런 말 들으니까 민망하네."

손흥민이 멋쩍게 웃으며 앞으로 연락하고 지내자는 말을 덧붙였다.

서로 경기가 끝난 뒤에 연락처를 교환하기로 약속하고, 대화를 끝냈다.

이제 경기장에 들어가야 할 시간이었기 때문이었다.

우와아아아!

아직도 익숙해지지 않은 관중들의 함성.

온몸이 저릿해질 정도로 거대한 함성을 들으며 이민혁은 경기장으로 걸어 들어갔다.

삐이이익!

경기가 시작됐다.

이민혁은 잠시 허공을 바라봤다.

'설마 했는데, 역시 떴네.'

메시지가 떠오르고 있었다.

[퀘스트를 완료하셨습니다!]

[퀘스트 내용: 분데스리가에 선발로 출전하세요.]
[보상으로 경험치가 대폭 증가합니다.]

바이에른 뮌헨 1군으로 온 이후 첫 선발이기에 받은 보상이었다.

경험치도 많이 쌓여 있었기 때문인지 레벨도 올랐다.

[레벨이 올랐습니다!]

'타이밍 좋고.'
최적의 타이밍에 나온 레벨업 메시지였다.

[스탯 포인트 2를 사용하셨습니다.]
[드리블 능력치가 2 상승합니다.]
[현재 드리블 능력치는 88입니다.]

곧바로 스탯 포인트를 사용한 이민혁은 뛰기 시작했다.
상대를 압박할 시간이었다.

＊　　　　　＊　　　　　＊

─많이들 기다리신 코리안 더비! 바이에른 뮌헨과 레버쿠젠의 경기가 지금 시작합니다!
─손흥민 선수와 이민혁 선수의 모습이 보이네요. 바이에른 뮌

헨이 초반부터 레버쿠젠을 강하게 압박합니다. 이민혁 선수도 적극적으로 뛰어다니네요!

한국의 스포츠 전문 방송사.

그곳의 해설자와 캐스터는 손에 땀을 쥐고 커다란 모니터 화면을 바라봤다.

긴장감이 흘렀다. 실시간으로 높은 시청률이 기록되는 상황이었고, 이들 역시 축구 팬이었기에 생긴 긴장감이었다.

현재 분데스리가 승점 1위인 바이에른 뮌헨과 승점 3위인 레버쿠젠의 경기는 분데스리가의 팬이라면 긴장될 수밖에 없었다.

이들은 긴장감을 숨기지 않았다.

―긴장되는 경기입니다! 과연 오늘 레버쿠젠이 현재 리그 무패를 달리고 있는 바이에른 뮌헨에게 첫 패배를 안겨 줄 것인지!

―하하! 한국 축구 팬이라면 모두 긴장할 수밖에 없는 경기이지 않을까요? 코리안 더비이고, 결과를 전혀 알 수 없는 경기니까요. 바이에른 뮌헨이 리그에서 무적과도 같은 기세를 뿜어내고 있는 팀이지만, 레버쿠젠은 이 바이에른 뮌헨을 상대로 승리할 수 있는 몇 없는 팀 중 하나거든요.

―맞습니다. 레버쿠젠도 이번 시즌에 굉장히 좋은 경기력을 보여 주고 있는 팀이죠. 아무래도 오늘 경기의 포커스는 양 팀의 승패와 손훈민 선수와 이민혁 선수가 공격포인트를 기록할 수 있을지에 맞춰질 것 같습니다!

긴장했다는 것을 솔직히 드러내며 시청자들의 집중력을 더욱 끌어냈다.

한국 축구 팬들은 실시간으로 TV를 뚫어질 듯 바라보며 각자 좋아하는 팀을 응원했다.

경기 초반은 레버쿠젠이 좋았다.

레버쿠젠 선수들은 바이에른 뮌헨의 강한 압박을 잘 이겨 내며 전방으로 공을 연결했다.

최전방 스트라이커인 슈테판 키슬링은 라스 벤더에게 받은 공을 수비 압박으로부터 지켜 내며 몸을 돌렸다. 휘익! 191㎝라는 큰 키에서 나오는 날렵한 턴 동작. 하지만 바이에른 뮌헨의 센터백 제롬 보아텡은 뚫리지 않았다.

퍼억!

제롬 보아텡은 몸을 돌리는 슈테판 키슬링의 움직임을 끈적하게 붙어서 방해하며 발을 쭉 뻗어 공을 걷어 냈다.

터엉!

제롬 보아텡이 걷어 낸 공은 토니 크로스에게로 향했다.

뛰어난 패스 능력을 지닌 토니 크로스. 그의 시선엔 전방으로 뛰어드는 세 명의 선수가 보였다.

중앙엔 스트라이커 마리오 만주키치.

오른쪽엔 엄청난 스피드로 뛰어 들어가는 아르연 로번.

왼쪽엔 최근 기세가 오른 이민혁.

이때, 토니 크로스는 판단했다.

'타이밍으론 이민혁에게 주는 게 맞아.'

마리오 만주키치는 레버쿠젠의 수비수와 거의 동일 선상에서 달리고 있기에 공을 받기 어려울 것이고, 아르연 로번은 너무 빨라서 공을 주면 오프사이드가 선언될 것처럼 보였다.

가장 안정적으로 패스할 곳은 왼쪽에서 로번보다는 느리지만, 충분히 빠른 스피드로 뛰어 들어가는 이민혁이었다.

그래서 지금.

'민혁, 한번 날뛰어 봐.'

토니 크로스는 이민혁을 향해 길고 정확한 롱패스를 뿌렸다.

＊　　　　＊　　　　＊

툭!

이민혁이 공을 받았다.

토니 크로스의 공을 받는 건 어렵지 않았다. 정확한 궤적으로 날아오고, 가까이에 도착했을 땐 힘을 잃고 떨어지는 패스였으니까.

'토니 크로스의 패스는 받을 때마다 놀라워.'

화려한 선수는 아니지만, 저 친구는 분명 월드클래스야. 그렇게 생각하며 이민혁이 공을 컨트롤했다.

이때, 발소리가 들렸다.

타다다닷!

'로베르토 힐베르트.'

이민혁의 눈이 가라앉았다.

침착해야 하는 상대다.

로베르트 힐베르트는 84년생의 베테랑 선수다. 나이만큼이나 많은 경력을 가져 쉽지 않은 상대. 팀 코치들이 준 분석 자료에 따르면 터키 리그에서 뛰다가 이번 시즌부터 레버쿠젠으로 둥지를 옮긴 선수다.

터키 리그에서 뛰던 선수가 레버쿠젠으로 온다?

이게 의미하는 바는 하나였다.

터키 리그에서 최고 수준의 풀백이었다는 것.

175㎝에 날렵해 보이는 체형을 지닌 로베르토 힐베르트는 자세를 낮춘 채, 이민혁을 향해 강렬한 눈빛을 쐈다.

언제든지 덤벼들 수 있는 맹수를 보는 느낌.

그런 느낌을 받았다.

다만, 이민혁의 마음엔 조금의 동요도 없었다.

상대가 맹수인 건 인정했다. 그러나 이민혁은 평소에 맹수를 뛰어넘는 괴물들을 상대한다.

'필립 람이나 데이비드 알라바에 비하면야……'

타앗!

상체를 흔들고 공을 여러 번 건드리며 전진하던 이민혁이 급격히 방향을 틀었다.

'어렵지 않은 상대지.'

중앙으로 방향을 틀며 파고 들어갈 것처럼 움직이자, 로베르토 힐베르트가 반응했다.

오른발을 주로 쓰는 이민혁이 오른쪽으로 파고들지 못하게 각을 잡았다. 이때 이민혁의 입가에 옅은 미소가 지어졌다.

로베르토 힐베르트의 움직임은 예상 범위 안에 있었다. 이민혁은 각을 잡느라 다리가 벌어진 로베르토 힐베르트의 다리 사이로 왼발로 공을 툭 차서 집어넣었다. 동시에 오른쪽이 아닌 왼쪽으로 몸을 날렸다.

민첩 능력치가 80이 된 이후에 가능해졌던 이 드리블은 훈련 때 필립 람에게도 통하는 기술이었다.

물론 필립 람에겐 5번 중 3번은 막히는 기술이지만.

'막을 수 있으면 막아 봐.'

이민혁의 표정엔 자신감이 드러났다.

세계 최고의 풀백이자 요즘엔 수비형 미드필더로도 월드클래스급 기량을 뽐내는 필립 람에게도 먹히는 기술이었다.

오늘 자신을 처음 상대하는 로베르토 힐베르트가 이 드리블을 막을 수 있을 거라는 생각은 들지 않았다.

휘익!

깔끔한 돌파였다. 로베르토 힐베르트는 이민혁의 움직임을 완전히 놓쳤다.

풀백을 제쳐 낸 이민혁은 다시 측면으로 파고들었다.

여기서 이민혁은 크로스를 선택하지 않았다. 예리한 패스 스킬이 발동되지 않는 이상 질 좋은 크로스를 뿌릴 능력이 이민혁에겐 없었으니까.

패스를 하든, 슈팅을 하든 최대한 가까이 근접해야 한다. 이민혁은 그렇게 생각하며 빠른 속도로 뛰어들었다. 현재 이민혁의 속도 능력치는 85. 레버쿠젠의 페널티박스 근처까지 파고드는 데까지 걸리는 시간은 짧았다.

이민혁이 위협적으로 들어오니 레버쿠젠의 중앙수비수로선 막지 않을 수가 없었다. 바로 그 순간, 이민혁의 발이 공을 차

냈다.

터엉!

공이 바닥에 낮게 깔려 쏘아졌다. 공을 받을 준비를 하고 있던 마리오 만주키치. 분데스리가 최고의 공격수 중 하나로 평가받는 그는 빠르게 깔려 들어오는 공을 향해 그대로 다리를 휘둘렀다. 발의 안쪽을 이용해서 안정적으로 때려 내는 슈팅.

퍼어엉!

만주키치가 때려 낸 슈팅은 레버쿠젠의 골키퍼를 뚫고 그대로 골로 연결됐다.

철렁!

레버쿠젠의 골 망이 강하게 흔들렸다.

—고오오오오올! 들어갔습니다! 이민혁의 어시스트를 받은 마리오 만주키치의 골입니다!

—역시 마리오 만주키치가 클래스를 보여 주네요. 빠르고 낮게 깔려오는 공을 정확하게 때려 냈습니다!

—만주키치도 대단했지만, 이민혁 선수를 칭찬하지 않을 수 없겠는데요~? 이민혁 선수, 레버쿠젠의 풀백 로베르토 힐베르트를 뚫어 내는 드리블과 이어진 컷백 패스까지 전부 완벽했습니다!

바이에른 뮌헨 선수들은 만주키치를 향해 달려갔다. 쉽지 않은 상대인 레버쿠젠에게 선제골을 넣었다는 사실에 바이에른 뮌헨 선수들 모두가 기뻐했다.

"역시 만주키치라니까? 아주 완벽한 마무리였어!"

"올 시즌 득점왕을 노린다더니, 집중력이 대단한데?"

"마리오 만주키치, 넌 최고의 스트라이커야!"

이민혁 역시 만주키치의 등에 매달려 함께 기쁨을 나눴다.

실시간으로 떠오르는 경험치가 올랐다는 메시지는 기쁨의 몸집을 더욱 불려 줬다.

다만, 마음속 한구석에선 아쉬움을 느꼈다.

'더 안정적으로 기회를 살릴 수도 있었어.'

결과는 성공적이지만 과정은 아슬아슬했다. 마리오 만주키치에게 패스를 보내던 그때, 하마터면 상대 중앙수비수가 뻗은 발에 패스가 끊길 뻔했다.

만약 그보다 더 빠른 타이밍에 정확한 크로스를 뿌릴 능력이 있었다면, 마리오 만주키치는 더 안정적으로 골을 넣을 수 있었을 것이다.

'슬슬 패스 능력치에도 신경을 써야겠어. 더 미루다간 중요할 때 기회를 놓칠 것 같아.'

앞으론 윙어에게 꼭 필요한 능력치 중 하나인 패스에도 스탯 포인트를 투자할 생각을 하며, 이민혁은 자신의 포지션으로 돌아갔다.

*　　　　　*　　　　　*

마리오 만주키치의 선제골로 바이에른 뮌헨이 1 대 0으로 앞서가기 시작한 시간은 전반 14분이다.

이른 시기에 나온 선제골이었고, 레버쿠젠은 승부를 원점으로 만들기 위해 적극적으로 공격을 시도했다.

바이에른 뮌헨의 압박과 수비는 단단했지만, 레버쿠젠의 공격력도 만만치 않게 강했다.

전반 34분에 기어코 바이에른 뮌헨의 수비를 흔들고 골을 집어넣었을 정도로.

―들어갔습니다! 리스 벤더의 강력한 슈팅이 바이에른 뮌헨의 골 망을 흔듭니다!

레버쿠젠의 중앙 미드필더 시몬 롤페스의 패스를 받은 라스 벤더가 토니 크로스의 압박을 이겨 내며 때린 중거리 슈팅.

그 슈팅으로 인해 스코어는 1 대 1 동점이 됐다.

이후에도 양 팀은 치열하게 부딪쳤다. 더 공격적인 팀은 바이에른 뮌헨이었다. 아르연 로번과 이민혁이 양쪽 측면에서 계속해서 위협적인 돌파를 시도하고, 패스와 슈팅을 때렸다.

하지만 레버쿠젠의 수비진은 몸을 날려 가며 꾸역꾸역 버텨 냈다.

승리를 향한 집념!

분데스리가의 최강 팀에게 지지 않겠다는 집념은 대단했다.

레버쿠젠은 기어코 전반전이 끝날 때까지도 골을 내주지 않았다.

―전반전이 종료됩니다! 많은 골은 터지지 않았지만, 굉장히 치열한 경기였죠?

―맞습니다. 바이에른 뮌헨의 화력은 역시나 강했지만, 오늘 레버쿠젠 수비진의 집중력이 놀라울 정도로 좋았네요. 제대로 이를

갈고 나온 것 같습니다.

전반전이 종료된 이후, 바이에른 뮌헨의 라커 룸 내부.

분위기는 좋지도, 나쁘지도 않았다.

워낙 이기는 것에 익숙해진 선수들이기에 1 대 1 상황임에도 여전히 자신감을 드러냈다.

"후반전에 3골을 넣고 이겨 버리자고!"

"좋지! 오늘 레버쿠젠 애들의 수비가 좋긴 한데, 쟤들도 후반전엔 지쳐서 전반만큼 막질 못할 거야."

"후반전에 완전히 박살 내 버리자고!"

선수들의 파이팅 넘치는 대화가 끝난 이후.

묵묵히 그 모습을 지켜보던 펩 과르디올라 감독이 나섰다.

"전반전은 괜찮았어요. 우리는 레버쿠젠을 강하게 압박했고, 여러 좋은 기회를 얻었죠. 골은 터지지 않았지만, 최소한 2개의 골은 더 터져도 이상하지 않은 경기 내용이었어요. 후반전에도 전반전과 같은 전술로 레버쿠젠을 상대하면 결국에 웃는 건 우리가 될 겁니다. 다만! 다들 이것만큼은 명심하세요. 라스 벤더가 중거리 슈팅 능력이 좋다는 건 우리 모두 알고 있어요. 손흥민도 그렇고요. 우린 이들이 후반전엔 슈팅을 때리지 못하게 만들어야 합니다. 절대 슈팅을 때릴 공간을 내주지 마세요."

선수들은 진지한 얼굴로 고개를 끄덕였다. 이들은 마음속으로 펩 과르디올라 감독의 말을 되새겼다. 그의 말을 들어서 잘못된 적은 거의 없었으니까.

같은 시각.

레버쿠젠의 라커 룸의 분위기는 뜨겁게 타오르고 있었다.

"조금만 더 하면 이길 수 있어! 쟤들, 라스 벤더의 골이 터졌을 때 당황한 거 봤지? 바이에른 뮌헨 애들도 결국 다 사람이야. 우리랑 똑같은 사람이라고."

"오늘 바이에른 뮌헨 한번 잡아 보자! 후반전엔 딱 2골만 더 넣고 이기자!"

"아니지, 3골은 넣어 줘야지."

독일 최강의 팀인 바이에른 뮌헨을 상대로 전반전에 1 대 1 동점을 만들어 냈다는 사실.

그 사실은 레버쿠젠 선수들에게 커다란 자신감을 줬다.

후반전에도 충분히 바이에른 뮌헨을 상대할 수 있고, 이길 수도 있겠다는 자신감.

레버쿠젠의 감독은 이런 선수들을 내버려 뒀다.

그의 경험상 이 정도의 자신감은 좋은 결과를 가져올 때가 많으니까.

다만, 한 가지는 당부했다.

"다들 절대 방심은 하면 안 된다."

어찌 됐건 상대는 바이에른 뮌헨이니, 절대 방심해선 안 된다는 말.

그 말이면 충분했다.

잠시 후, 후반전이 시작됐다.

―바이에른 뮌헨이 중원 싸움에서 확실히 우위를 가져가네요. 분위기가 심상치 않습니다. 레버쿠젠은 조금 더 집중해야 할 필요가 있어 보입니다.

―맞습니다. 오늘 바이에른 뮌헨의 공격수 만주키치와 양쪽 윙어인 아르연 로번, 이민혁의 컨디션은 굉장히 좋아 보이거든요. 레버쿠젠의 수비가 조금이라도 흔들리면, 이 선수들은 언제라도 골을 만들어 낼 수 있습니다.

해설들의 말대로 후반전이 시작된 지 얼마 되지 않아서부터 바이에른 뮌헨이 분위기를 잡아 나갔다.

중원 싸움에서 레버쿠젠을 압도하며 빠르게 전진했다.

바이에른 뮌헨이 곧 골을 넣겠어.

해설들은 그렇게 생각하며 경기에 더욱 집중했다.

물론 그 골을 넣는 사람이 이민혁이 될 거라는 생각은 하지 못했다. 바이에른 뮌헨엔 이민혁보다 더 대단한 선수들이 많았으니까.

―이민혁이 공을 잡습니다. 로베르토 힐베르트가 앞을 가로막습니다. 로베르토 힐베르트 선수의 반응이 빠릅니다! 아무래도 전반전에 이민혁 선수에게 뚫렸기 때문이겠죠? 이민혁 선수 과연 이번에도 돌파를 시도할까요? 어엇?! 이민혁! 로베르토 힐베르트를 제치고 안쪽으로 파고듭니다!

그런데.

이민혁이 로베르토 힐베르트를 다시 한번 뚫어 냈다.

그걸로 모자라 중앙으로 파고들어 레버쿠젠의 중앙수비수를 상대로도 위축되지 않고 공을 몰았다. 당장에라도 돌파를 시도할 것 같은 움직임.

하지만, 레버쿠젠의 중앙수비수는 침착하게 이민혁을 노려봤다.

'이 꼬맹아. 네가 돌파하는 척하면서 슈팅을 때리는 패턴을 자주 쓰는 것쯤은 이미 다 알고 있다.'

필립 볼샤이트.

레버쿠젠의 중앙수비수인 그는 이민혁을 보며 한쪽 입꼬리를 올렸다.

195㎝에 가까운 그에게 이민혁은 작은 꼬맹이처럼 보였다. 바이에른 뮌헨에서 키우는 유망한 선수라는 건 알지만, 그래 봐야 햇병아리일 뿐이라고 생각했다.

필립 볼샤이트는 눈앞의 꼬맹이에게 절대 뚫리지 않을 거라고 확신했다.

'난 로베르토 힐베르트랑은 다르거든.'

굳이 분석 자료를 안 봐도 막을 수 있다던 로베르토 힐베르트는 이민혁에게 형편없이 뚫려 버렸다. 하지만 자신은 다르다.

구단에서 건네준 바이에른 뮌헨에 대한 최신 분석 자료를 꼼꼼하게 살폈고, 그곳엔 이민혁에 대한 정보도 충분히 있었다.

당연하게도 아르연 로번의 시그니처 무브와 흡사한 움직임을 자주 펼친다는 것도 알게 됐다.

'알고도 못 막는 건 로번이니까 되는 거지, 넌 로번이 아니잖아?'

필립 볼샤이트는 코웃음을 쳤다.

지금 그의 앞에서 공을 몰며 다가오는 이민혁의 움직임을 보

아하니, 아르연 로번의 매크로 슈팅을 시도하려는 것이 분명해
보였다.

'그래, 와 봐라. 아주 깔끔하게 막아 주마.'

비릿한 미소를 지으며 자세를 낮춘 필립 볼샤이트.

그는 몰랐다.

이민혁의 움직임이 전부 속임수였다는 것을.

눈앞의 햇병아리가 자신의 가랑이 사이로 공을 집어넣을 줄은.

*　　　*　　　*

'귀여운 자식.'

필립 볼샤이트는 자신만만했다.

이민혁이라는 햇병아리의 실력이 제법이긴 했지만, 자신의 앞
에선 무용지물이 될 거라고.

더구나 플레이도 뻔히 예상이 갔다.

아르연 로번을 연상시키는 매크로 슈팅. 측면에서 중앙으로
파고든 뒤에 감아 차는 슈팅을 때리는 패턴.

로번과 다른 게 있다면 왼발이 아닌 오른발로 슈팅을 때린다
는 것 정도.

만약 이민혁이 로번과 똑같이 움직일 수 있다면 움직임을 예
상하고도 두려움을 느꼈을 것이다. 잔뜩 긴장했을 것이다.

'로번의 시그니처 무브는 알고도 당하는 경우가 많으니까.'

하지만 필립 볼샤이트가 분석한 이민혁은 아르연 로번과 똑같
지는 않았다.

'녀석은 아직 햇병아리야. 로번보다 느리고, 페인팅도 단조로 워. 드리블 실력도 로번보다 떨어지는 수준이지.'

분데스리가 수비수들이 아르연 로번의 시그니처 무브에 알고 도 당하는 이유가 있다.

너무 빠른 스피드와 민첩성, 뛰어난 드리블, 그리고 짧은 순간 에 나오는 페인팅 움직임들 때문이었다.

또, 아르연 로번에겐 괜찮은 패스도 뿌릴 수 있는 능력이 있 고, 뒤로 돌아가는 공격수를 볼 수 있는 시야도 있다.

수비수로선 로번의 패스, 슈팅, 돌파 모두를 경계해야 한다. 그 래서 알고도 당하는 것이다.

'근데 이 녀석의 움직임은 뻔히 보인단 말이지.'

이건 거의 대놓고 '나 상체 페인팅 좀 주다가 바로 슈팅 때릴 거예요'라고 말하는 것처럼 보였다.

그 정도로 필립 볼샤이트의 눈엔 이민혁의 움직임이 읽혔다.

그래서 필립 볼샤이트는 이민혁이 슈팅을 때리지 못하도록, 만 약 슈팅을 때리려고 한다면 바로 다리를 뻗으려고 자세를 잔뜩 낮췄다.

'흐흐! 이제 어떻게 할 건데 꼬맹아? 머릿속이 새하얘지지?'

필립 볼샤이트가 씨익 웃었다.

그의 머릿속엔 이미 이민혁은 안중에도 없다. 어떻게 역습을 해야 팀이 골을 넣을지에 대해서 생각하기 시작했다.

그때였다.

톡!

'…어?'

필립 볼샤이트의 눈이 커지며 움직임이 멈췄다. 가랑이 사이로 공이 빠져나갔다는 걸 깨닫는 데에는 그리 오랜 시간이 걸리지 않았다.

넛맥(Nutmeg).

흔히 알까기라고도 불리는 이 기술.

당하는 선수에겐 끝없는 치욕을 느끼게 해 주는 잔인한 기술.

햇병아리라고 생각했던 선수에게 넛맥을 당한 필립 볼샤이트의 얼굴이 붉게 달아올랐다.

'이 새끼가……!'

다만, 반응하려고 했을 땐, 이민혁은 이미 필립 볼샤이트의 옆을 지나가고 있었다.

'아, 안 돼!'

이때 필립 볼샤이트의 팔이 움직였다. 본능적인 움직임이었다.

수비수로서 상대의 돌파를 허용해선 안 된다는 본능과.

감히 자신을 농락한 선수를 이대로 보낼 순 없다는 본능이 합쳐진 추잡한 행동.

파앗!

필립 볼샤이트의 손이 이민혁의 옷을 잡아당겼다.

그 순간, 필립 볼샤이트의 얼굴이 일그러졌다.

그의 눈엔 보였다.

조금의 저항도 없이 너무나도 쉽게 넘어져 버리는 이민혁의 모습이.

'…젠장! 이 자식… 설마 노렸냐?'

좌아악!

이민혁이 힘없이 바닥에 엎어졌고.

삐이이익!

그 즉시 주심이 휘슬을 불었다.

―찍었습니다! 주심이 페널티킥을 선언합니다!
―이민혁 선수가 페널티킥을 얻어 냈습니다. 이야~! 방금은 필립 볼샤이트 선수가 이민혁 선수의 페인팅에 제대로 속아 버렸죠!

주심은 페널티킥을 선언한 직후, 필립 볼샤이트에게 옐로카드를 내밀었다.
바이에른 뮌헨 선수들은 이게 왜 레드카드가 아니고 옐로카드냐고 항의했지만, 주심은 고개를 저었다.
이민혁 역시 아쉬웠지만, 더 이상의 항의를 하진 않았다. 더 항의해 봤자 달라질 게 없다는 걸 알고 있었으니까.

―마리오 만주키치 선수가 페널티킥을 준비하네요.

페널티킥을 차기 위해 나선 선수는 마리오 만주키치였다.
바이에른 뮌헨엔 페널티킥을 잘 차고 욕심을 내는 선수들이 많다. 토마스 뮐러, 토니 크로스, 아르연 로번과 같은 선수들이 그렇다.

그러나 지금, 만주키치가 페널티킥을 차는 것에 불만을 가진 선수는 없었다.

마리오 만주키치는 현재 분데스리가 득점왕을 노리고 있었고.

바이에른 뮌헨 선수들은 팀 내 최고의 스트라이커를 돕고자 했다.

이민혁도 마찬가지였다.

골 욕심이 나는 건 사실이었지만, 지금은 마리오 만주키치가 페널티킥을 차는 게 낫다고 생각했다.

게다가.

'얻을 건 얻었으니까.'

현재 이민혁의 눈앞에 떠오른 메시지가 골 욕심을 조금이나마 옅게 만들어 줬으니까.

[퀘스트를 완료하셨습니다!]

[퀘스트 내용: 분데스리가에서 페널티킥을 얻어 내세요.]

[보상으로 경험치가 대폭 증가합니다.]

[퀘스트를 완료하셨습니다!]

[퀘스트 내용: 개인 능력으로 레버쿠젠의 수비수 2명을 뚫어 내세요.]

[보상으로 경험치가 대폭 증가합니다.]

'오늘 경기가 끝날 때쯤에는 레벨이 오를 수도 있겠어.'

이민혁은 메시지를 보며 씨익 웃었다.

레벨이 곧 오를 거라는 생각에 기분이 좋아졌다.

그는 여전히 웃는 얼굴로 골대 앞에 서 있는 마리오 만주키치를 바라봤다.

─긴장되는 순간입니다! 레버쿠젠으로서는 막아야만 하는 페널티킥입니다!

마리오 만주키치, 그는 팀원들의 배려에 고마움을 느끼며 골대를 바라봤다.

그의 시선이 향한 곳엔 사각형 골대와 그곳의 가운데에 선 상대 골키퍼가 보였다.

베른트 레노.

레버쿠젠의 주전 골키퍼인 그는 빠른 반응속도를 지녔고, 가끔은 놀라운 선방 능력을 보여 주는 선수다.

'그렇다고 해도.'

스트라이커라면 페널티킥은 넣어 줘야지.

마리오 만주키치는 그렇게 생각하며 공을 향해 뛰어들었다.

자신의 득점왕 경쟁을 위해서, 그리고 동료들을 위해서 자신감 있게 공을 차 냈다.

퍼엉!

─고오오오올! 마리오 만주키치가 호쾌한 슈팅으로 페널티킥을 성공시킵니다!

─이로써 양 팀의 스코어는 2 대 1이 됐습니다! 레버쿠젠으로서는 뼈아픈 실점을 허용하고 말았습니다.

골을 허용한 레버쿠젠이 다급하게 공격을 전개했다.

오늘 레버쿠젠의 경기력은 좋았다. 리그 최강의 화력을 지닌 바이에른 뮌헨의 공격을 막아 낼 정도로.

다만, 공격은 그리 효율적이지 못했다.

전반전에 라스 벤더의 중거리 슈팅으로 한 골을 넣긴 했지만, 후반전인 지금은 확실한 기회를 만들지 못했다.

양쪽 측면에서 각각 손흥민과 곤살로 카스트로가 활발하게 움직이며 기회를 만들어 보려고 했지만 그것조차 여의치 않았다.

바이에른 뮌헨에게 중원 싸움이 밀리니, 이들에게 좋은 타이밍에 좋은 패스가 가지 않았다.

오히려 더 좋은 기회를 얻은 팀은 바이에른 뮌헨이었다.

슈바인슈타이거와 토니 크로스, 토마스 뮐러는 중원을 완전히 장악한 채, 양쪽 측면에 좋은 패스들을 뿌려 냈다.

아르연 로번, 그는 오늘 이타적인 플레이를 펼쳤다.

시그니처 무브인 매크로 슈팅보단 마리오 만주키치를 향한 크로스 위주로 공격을 전개했다. 다만, 마리오 만주키치의 헤딩이 자꾸만 빗나갔다. 아슬아슬하게 골까지 연결되지 않았다.

'만주키치에게 주는 건 그만둬야겠어.'

아르연 로번은 다른 패턴을 사용해야겠다는 생각을 하며 다시 레버쿠젠의 측면을 뚫어 냈다.

레버쿠젠의 수비는 좋은 편이지만, 아르연 로번은 알고도 막기 힘든 선수였다.

―아르연 로번이 오른쪽 측면을 뚫어 냅니다! 이 선수의 드리블은 볼 때마다 놀랍네요! 역시 월드클래스입니다!

툭! 투욱!
아르연 로번은 특유의 자세로 드리블을 하며 중앙을 바라봤다. 마리오 만주키치가 달려오고 있고 더 뒤에는 이민혁이 자리를 잡고 있었다.
'민혁.'
아르연 로번은 이민혁의 움직임을 주시하며 단숨에 중앙으로 파고들었다. 슈팅을 할 것처럼 페인팅을 줬다. 이어서 왼발로 공을 툭 찍어 찼다. 이민혁을 향한 패스였다.

―아르연 로번! 패스입니다! 이민혁! 돌아 들어가는 움직임이 좋았습니다!

이민혁은 로번의 패스 타이밍에 맞춰 오프사이드 라인을 뚫어 내는 것에 성공했다.
지금 이 순간, 그의 눈엔 보였다.
'이건 다이렉트 슈팅을 때려야 해.'
아주 좋은 타이밍이.
투웅!
공이 땅에 튕겨서 올라왔고.

그 즉시 이민혁은 다리를 휘둘렀다.

쉬익!

페널티박스 안에서 발등으로 강하게 후려 버리는 슈팅.

제대로 맞기만 하면 골키퍼가 손도 쓰지 못할 정도로 강하게 쏟아질 것이다.

'끝까지 집중해야 해!'

이민혁의 눈이 공에 고정됐다. 공을 차는 순간까지도 집중력을 잃어선 안 된다. 임팩트가 조금이라도 빗나가면 공은 엉뚱한 곳으로 날아가게 된다. 발리슛은 그래서 어려운 슈팅이었고, 집중력을 끌어올려야 한다.

마침내 휘두른 발로 공을 때렸을 때.

[20% 확률로 '예리한 슈팅' 스킬 효과가 발동됩니다!]
[슈팅의 정확도가 대폭 상승합니다.]

스킬이 발동됐다는 메시지가 떠올랐다.

그제야 이민혁은 마음을 놓았다. 이제 이 슈팅은 팀 동료이자 세계 최고의 골키퍼 중 하나인 마누엘 노이어가 와도 막기 어렵다. 상대 골키퍼인 레노도 좋은 선수지만, 막긴 힘들 것이다.

베른트 레노.

그는 믿을 수 없는 슈퍼세이브를 보여 주곤 하는 선수다. 자주는 아니었지만, 중요한 순간에 골이나 다름없는 슈팅을 막아 내며 팀을 위기에서 구하는 수문장이다.

그러나.

'안 돼!'

지금은 역부족이었다. 빠르게 반응하고 팔을 최대한 길게 뻗어 봤지만, 공을 건드리지 못했다.

―고오오오오오올! 이민혁입니다! 이민혁이 환상적인 발리슛으로 스코어를 3 대 1로 만듭니다!

―레버쿠젠의 수비가 결국 무너지네요! 아르연 로번의 패스도 좋았지만, 이민혁 선수의 과감한 슈팅이 더욱 빛나는 순간이었습니다! 오늘 이민혁 선수의 움직임이 좋았는데, 기어코 모두를 흥분시키는 골을 터뜨려주네요!

―제대로 때리기 쉬운 슈팅이 아니었는데, 이민혁 선수의 집중력이 어마어마하네요!

씨익!

이민혁의 입꼬리가 높이 치솟았다.

강팀인 레버쿠젠을 상대로 넣은 골이었기에 기분이 좋았다.

더구나 스승이나 다름없는 아르연 로번의 패스를 받아서 골을 넣었기에 더욱 기분이 좋았다.

이어서 메시지까지 떠오르자 이민혁은 입꼬리가 올라가는 걸 넘어 광대가 하늘로 승천할 것처럼 치솟았다.

[퀘스트를 완료하셨습니다!]

[퀘스트 내용: 레버쿠젠을 상대로 골을 기록하세요.]

[보상으로 경험치가 대폭 증가합니다.]

[퀘스트를 완료하셨습니다!]
[퀘스트 내용: 레버쿠젠을 상대로 2개의 공격포인트를 기록하세요.]
[보상으로 경험치가 대폭 증가합니다.]

[레벨이 올랐습니다!]

후우!

이민혁이 크게 숨을 내쉬며 얼굴에 드러난 감정을 지웠다.

아직 후반전이 진행 중이었다. 너무 흥분해선 안 된다.

'패스 능력치에도 스탯 포인트를 투자하긴 해야 해.'

윙어로서 꼭 필요한 능력치 중 하나인 패스. 이민혁은 이 능력치를 올려야 한다는 것을 절실히 느끼고 있었다. 패스 능력치가 높아지면 크로스의 퀄리티도 좋아질 테니까.

'그렇게 되면 무기 하나를 더 얻는 느낌이겠지. 하지만.'

패스 능력치를 올릴 필요가 있다는 건 분명 알고 있었지만.

상태 창을 띄운 이민혁의 시선은 계속해서 다른 능력치로 향했다.

'드리블······.'

이민혁의 시선이 향한 곳은 드리블 능력치의 수치가 적힌 곳. 그곳엔 88이라는 숫자가 보였다.

'드리블 능력치가 90이 되면 어떻게 될까?'

후반전이 20분이 조금 넘게 남은 지금.

너무 궁금해졌다.

드리블 능력치가 90이 된다면 어떤 결과가 나올까? 과연 어떤 변화가 느껴질까? 능력치가 80대일 때와는 체감이 크게 달라질까? 실력에 직접적인 영향을 미칠까?

90대의 능력치를 만들어 본 적은 아직 없기에 궁금증은 빠르게 커졌다.

결국, 이민혁은 결정했다.

드리블에 스탯 포인트를 투자하기로.

'다음엔 꼭 패스에 투자하자.'

[스탯 포인트 2를 사용하셨습니다.]
[드리블 능력치가 2 상승합니다.]
[현재 드리블 능력치는 90입니다.]

드리블 능력치가 90이 된 지금.

이민혁은 적극적으로 동료들의 패스를 받았다. 제때 패스가 오지 않으면 동료의 이름을 크게 외치면서까지 패스를 받아 냈다.

"여기!"

바이에른 뮌헨 선수들은 손을 흔들고 큰 목소리를 내는 이민혁에게 어지간하면 공을 보내 줬다. 공을 받은 이민혁은 무작정 욕심을 부리진 않았다.

무언가 시도하기에 여의치 않은 상황에선 재빨리 동료에게 다시 공을 넘겼다. 안정적인 플레이. 그러면서도 공을 만질 때마다 능력치가 오르며 달라진 감각을 체크했다.

'확실히 체감이 달라졌어.'

이민혁은 달라진 감각에 익숙해지는 시간을 가지면서도 허무하게 공을 빼앗기거나 위험한 역습을 허용할 만한 무리한 플레이를 펼치지 않았다.

하지만 풀백과의 일대일 상황에선 승부를 피하지 않았다.

지금도 그랬다.

—이민혁이 공을 몰고 달립니다! 빠릅니다!

해설들의 말처럼 이민혁은 공을 잡고 자신감 있게 드리블을 했다. 레버쿠젠의 왼쪽 측면으로 달리는 드리블이었다. 이 상황은 이민혁이 기다리던 순간이었다.

'드디어 드리블을 시험해 볼 수 있겠어.'

이젠 90이 된 드리블 능력치.

그 변화를 제대로 확인해 보고 싶었으니까.

투욱!

슈바인슈타이거가 건네준 공을 받은 이민혁이 그대로 몸을 돌렸다. 바로 앞엔 로베르토 힐베르트가 서 있었다. 오늘 경기 내내 어렵지 않게 뚫어 냈던 레버쿠젠의 풀백. 하지만 100% 돌파에 성공했던 건 아니다. 성공할 때 워낙 임팩트 있게 뚫어 내서 그렇지, 사실 막히거나 백패스를 선택했던 적도 있다.

그래도 이민혁은 조금도 위축되지 않았다.

어차피 윙어가 상대 풀백을 일대일에서 100% 뚫어 내는 건 거의 불가능한 일이었으니까.

임팩트 있는 몇 번의 돌파 성공이면 인정받는 게 윙어였으니까.

'드리블 능력치가 90이 되면 꼭 해 보고 싶은 게 있었어.'

이민혁은 한 달 전부터 연습하던 기술이 있다. 현재 최고의 드리블러 중 하나인 리오넬 메시의 하이라이트 영상을 보고 연습했던 기술이었다.

축구 재능 스킬의 효과 때문일까? 영상으로 기술을 보고 연습하면 비슷하게 따라 할 수 있었다.

다만, 훈련 때 성공률이 높진 않았다.

그 이유를 알고 싶어서 이민혁은 팀 내에서 드리블이 가장 좋은 프랑크 리베리, 아르연 로번, 제르단 샤키리에게 자문했고, 이들은 거리낌 없이 조언을 해 줬다.

이들이 조언한 내용은 비슷했다.

'민혁, 기술은 잘 썼는데 깊이가 없어. 연계 동작도 부족하고, 타이밍도 좀 어긋난 느낌이야. 아무래도 좀 더 연구하고 많이 사용해 봐야겠는데?'

기술에 깊이가 없다는 말. 그 말을 들은 이민혁은 더욱 기술을 갈고닦았다. 하지만 여전히 '그 기술'의 성공률은 낮았다.

그런데.

드리블 능력치가 90이 된 지금은.

─우오옷! 이민혁이 로베르토 힐베르트를 뚫어 냅니다! 방금은… 어떤 기술이었죠?

─플립플랩! 플립플랩입니다! 이민혁이 플립플랩으로 로베르토 힐베르트를 농락합니다!

드리블에 깊이가 생겼다.

'이게 되네?'

씨익!

이민혁의 입꼬리가 올라갔다.

플립플랩.

다리를 휘둘러 공을 바깥쪽으로 치는 척하며, 순식간에 안쪽으로 끌어오며 돌파하는 기술.

프로선수 사이에서도 실전에서 쓰는 선수는 많지 않을 정도로 굉장한 난이도를 자랑하는 기술이었다.

그 기술을 실전에서 성공했다는 것에 짜릿한 전율을 느꼈다.

더불어 기술 성공과 동시에 쏟아지는 관중들의 환호성도 이민혁의 가슴을 두근거리게 했다.

반면, 로베르토 힐베르트의 표정은 일그러졌다. 오늘 이민혁에게 짜증 날 정도로 많은 돌파를 허용했다. 그런데 이번엔 플립플랩이라니!

'이 자식이!'

로베르토 힐베르트, 그의 눈에 핏발이 섰다.

프로라면 감정을 조절해야 했지만, 가끔은 그렇게 하지 못할 때도 있다.

지금도 그랬다.

'조금 전에 필립을 농락한 것으로도 모자라 이젠 나한테 플립플랩을 써?!'

이민혁에게 알까기를 당했던 필립 볼샤이트는 로베르토 힐베르트와 절친한 사이다.

그래서 로베르토 힐베르트의 감정은 더욱 요동쳤다.

순간적인 감정 컨트롤 실패.

그것이 불러온 건 하나의 행동이었다.

타잇!

앞서 나가는 이민혁의 다리를 노리는 태클.

바닥에 몸을 낮게 띄운 로베르토 힐베르트의 다리가 쭈욱 뻗어졌다.

발을 높게 든, 상대의 발목을 부러뜨릴 수도 있는 슬라이딩태클을 이민혁에게 구사했다.

지금 로베르토 힐베르트의 머릿속엔 뭔가 잘못됐다는 생각이 들었지만, 발을 회수하기엔 늦어 버렸다.

'…이건 네가 자초한 일이야!'

화려한 플립플랩으로 돌파에 성공한 이민혁은 태클이 들어오는 걸 볼 수 없었다. 그는 정면을 바라보고 다음 움직임을 생각하고 있었으니까.

갑작스레 발목에서 느껴진 충격에도 무방비일 수밖에 없었다.

퍼억!

"악!"

이민혁이 바닥에 쓰러졌다.

*   *   *

부상은 축구를 하는 선수라면 누구나 두려워할 수밖에 없다.

월드클래스 선수에게도 두려운 것이었고, 세계 최고의 선수들에게도 두려운 것이었다.

아무리 잘하던 선수도 부상을 입은 뒤에는 기량이 떨어지는 경우가 많았으니까.

심지어 부상으로 인해 재기 불능 상태가 되어 버린 선수들도 있었으니까.

그래서 페어플레이가 중요한 것이다.

동업자 정신이 있어야만 하는 것이다.

만약 한 선수가 악의적인 마음을 먹게 된다면, 타깃으로 찍힌 선수는 크게 다칠 수밖에 없다.

물론 크게 다치지 않을 수도 있다.

운이 좋거나, 몸이 타고나게 강하거나, 아슬아슬하게 위험한 부위를 비껴갔을 땐 큰 부상을 면하곤 한다.

다만, 다치는 것 자체를 피할 순 없다. 최소한 타박상을 입거나 커다란 멍이 생긴다.

이건 어쩔 수 없는 일이다.

마법이라도 부리지 않는 이상, 절대 피할 수 없는 필연적인 일이라는 것이다.

그런데.

"아오… 더럽게 아프네!"

이민혁은 조금도 다치지 않았다. 발목에서 짜증 나는 고통이 느껴질 뿐.

"저 자식이!"

분노한 이민혁의 시선이 로베르토 힐베르트에게로 향했다.

녀석은 퇴장을 직감한 듯 주심의 앞에서 고개를 푹 숙이고 있었다.

만약 억울하다는 행동을 하고 있었으면 절대 가만히 놔두지 않았을 것이다.

최소한 똑같은 고통은 느끼게 만들어 줬을 것이다.

하지만 녀석에겐 레드카드가 주어졌다.

퇴장이었다.

'진정하자.'

후우!

이민혁은 심호흡하며 로베르토 힐베르트에게서 시선을 뗐다.

더 지켜보면 화만 날 것 같았고, 바이에른 뮌헨 팀 동료들이 이미 로베르토 힐베르트에게 욕설을 내뱉으며 화를 내 주고 있었다.

특히 아르연 로번은 눈이 뒤집혀서 로베르토 힐베르트에게 달려드는 걸 바스티안 슈바인슈타이거가 뜯어말리고 있었다.

'경기 끝나면 모두에게 고맙다고 해야겠네.'

대신 화를 내 주는 동료들에게 고마움을 느끼며, 이민혁은 시선을 허공으로 옮겼다.

지금은 로베르토 힐베르트 같은 녀석보다 더 중요한 게 있었다.

허공엔 그 중요한 메시지가 떠 있었다.

발목에서 충격이 느껴졌을 때, 그러니까 태클을 당한 것을 인지했던 그 순간에 떠오른 메시지였다.

[부상을 입을 수 있는 위험한 태클에 당했습니다!]

['강인한 신체' 스킬 효과가 발동됩니다!]

[쉽게 다치지 않게 됩니다.]

레벨이 50이 되었을 때 얻은 스킬.

지금까진 대단한 효과를 느껴 보지 못했던 스킬이다.

'이번에 제대로 느끼네. 이 스킬의 효과는 미쳤어.'

효과가 발동되는 경우가 거의 없어서 확인도 잘 하지 않았었던 스킬이다.

이제는 다르다. 강인한 신체 스킬의 효과를 확실히 느꼈다.

이민혁은 스킬의 정보를 확인했다.

[강인한 신체]

유형: 패시브

효과: 회복이 빠르고, 쉽게 다치지 않게 됩니다.

'괜히 50레벨에 준 게 아니었어.'

분명히 좋을 것이라고는 생각했다.

더 낮은 레벨에 얻었던 스킬들도 너무 좋은데, 50레벨에 얻은 스킬이 안 좋을 리가 없잖은가.

실제로 아예 효과를 못 본 것은 아니었다.

힘든 훈련을 소화한 뒤에 회복이 빨라진 걸 느꼈으니까.

다만, 그 정도로는 50레벨에 얻은 스킬이라고 하기엔 조금 부족한 게 사실이었다.

이제는 확실히 알게 됐다.

강인한 신체 스킬은 50레벨에 얻을 충분한 가치가 있다.

'부상을 아예 당하지 않는 건 아니겠지만, 꽤 효과적으로 막아 주는 것 같기는 해. 방금 로베르토 힐베르트의 태클은 내가 아니라 다른 선수가 당했으면 발목이 골절될 수도 있었어.'

골절이 생길 수도 있는 위험한 부상해서 구해 줄 정도.

그 정도면 충분한 걸 넘어, 차고 넘치는 효과였다.

스윽!

이민혁이 엉덩이를 털고 몸을 일으켰다.

주변에선 동료들이 걱정스러운 얼굴로 괜찮냐고 묻고 있었다. 이민혁은 씨익 웃어 보이며 괜찮다는 말을 한 뒤, 저 멀리 있는 펩 과르디올라 감독에게도 손을 흔들어 괜찮다는 신호를 보냈다.

'더 뛰어야지.'

이민혁은 위험한 태클을 당했던 선수답지 않게 남은 시간 동안에도 적극적으로 그라운드 위를 뛰어다녔다.

더러운 태클을 한 레버쿠젠에게 분노한 바이에른 뮌헨 선수들은 체력이 떨어진 시간임에도 추가골을 노렸다.

이들은 레버쿠젠을 완전히 무너뜨려서 이민혁의 복수를 해 줄 생각이었다.

바이에른 뮌헨의 강력한 화력을, 한 명이 퇴장당한 레버쿠젠은 버티지 못했고, 결국 1개의 골을 더 허용하며 무너져 내렸다.

이후, 레버쿠젠은 골을 넣으려는 움직임을 펼치긴 했지만, 선수들의 움직임에 강한 의지는 느껴지지 않았다.

손흥민이 유일하게 고군분투하며 슈팅을 하나 때리긴 했지만, 끝내 마누엘 노이어라는 벽을 넘진 못했다.

삐이이익!

경기는 그대로 종료됐다.

최종 스코어 4 대 1.

현재 분데스리가 3위를 기록하고 있는 팀치고는 무기력한 패배였다.

반면, 바이에른 뮌헨으로선 리그 1위의 품격을 지킨 대승이었다.

*   *   *

다음 날, 바이에른 뮌헨 훈련장에 나온 선수 중 레버쿠젠전에 출전했던 선수들은 체력이 소모되는 훈련을 거의 하지 않았다.

이들은 컨디션 회복 프로그램을 소화하며 체력을 끌어올리고 경기에 뛰면서 생긴 근육통을 줄이는 데에 집중했다.

이민혁도 그랬다.

누구보다도 열심히 컨디션을 회복하는 것에 집중했다.

'얼른 회복해서 다음 경기에도 뛰어야지.'

다음 일정은 6일 뒤였다.

상대는 마인츠. 이번 시즌 내내 10위 안을 유지하는 강팀이다.

절대 쉬운 상대는 아니었다. 다만, 바이에른 뮌헨 선수들의 자신감을 흔들기엔 부족한 상대였다.

바로 어제 리그 3위인 레버쿠젠까지 꺾은 상황이었다.

도르트문트 정도면 모를까, 마인츠 정도로는 조금도 긴장하지 않았다.

한데, 팀의 분위기가 이상했다.

바이에른 뮌헨 선수들이 훈련에 제대로 집중하질 못했다.

마치 다른 곳에 신경이 쏠려 있는 것처럼 행동했다.

"다들 정신 차리세요! 당장 앞에 둔 경기를 생각하지 않고 뭣들 하는 겁니까! 당신들은 프로입니다! 모든 경기에 최선을 다해서 준비하고, 뛰어야 하는 사람들이라는 말입니다!"

펩 과르디올라 감독이 목에 핏대를 세워 가며 소리를 지를 정도로 바이에른 뮌헨 내부 분위기는 산만했다.

그리고 며칠이 지난 뒤.

바이에른 뮌헨 선수들의 신경이 쏠려 있던 일.

그 일의 결과가 나왔다.

그 사실에 선수들은 하던 훈련을 멈추고, 잔뜩 흥분한 얼굴로 그 일에 관해 떠들기 시작했다.

"챔피언스리그 8강 상대가 나왔어! 상대는 맨체스터 유나이티드야!"

Chapter. 5

축구를 좋아하는 사람이라면 모를 수가 없는 유명한 팀들이
있다.

맨체스터 유나이티드도 그런 팀이었다.

오랜 역사와 전통이 있고, 오랜 시간을 강팀으로 지내 온 팀.

비록, 맨체스터 유나이티드를 이끌던 퍼거슨 감독이 떠난 올
시즌부터 최악의 시즌을 보내고 있지만.

그래도 그동안 쌓아 왔던 명성이 사라지는 건 아니었다.

맨체스터 유나이티드는 여전히 강팀이라는 이미지가 있고, 챔
피언스리그 8강에도 올랐다.

당연하게도 맨체스터 유나이티드와 바이에른 뮌헨이 맞붙는
다는 사실은 전 세계 축구 팬들의 관심을 모았다.

「맨체스터 유나이티드, 챔피언스리그 8강에서 바이에른 뮌헨과 격돌! 올 시즌에 겪던 부진을 챔피언스리그에선 털어 낼 수 있을까?」

「리그 무패 바이에른 뮌헨! 맨체스터 유나이티드 상대로도 압도적인 경기력 보여 줄까?」

「데이비드 모예스, '맨체스터 유나이티드는 여전히 최고의 팀이다. 바이에른 뮌헨을 상대로 승리할 것'이라며 자신감 드러내.」

한국 팬들의 반응도 뜨거웠다.

한국의 레전드이자, 프리미어리그에서 오랜 시간 활약했던 박지석이 속했던 팀이 바로 맨체스터 유나이티드였으니까.

게다가 바이에른 뮌헨엔 최근에 떠오르고 있는 이민혁이 속해 있으니까.

ㄴ맨유 요즘 최악이던데, 바이에른 뮌헨이 개발라 줬으면 좋겠다. 이민혁이 골 넣으면 더 좋고.

ㄴ응~클래스는 영원해. 맨유가 이길 거야.

ㄴㅋㅋㅋㅋㅋ클래스는 개뿔. 맨유 이번 시즌 5위 안에는 들 수 있냐?ㅋㅋㅋㅋㅋㅋㅋㅋ

ㄴ퍼거슨의 위대함을 제대로 일깨워 주는 모예스ㅋㅋㅋㅋ

ㄴ얘들아 뮌헨 지금 리그 무패야. 리그 10위 안도 간당간당한 맨체스터 유나이티드가 상대가 되겠어? 생각 좀 하자. 그리고 맨유에 로번을 막을 수 있는 선수가 있냐?ㅋㅋ요즘 맨유 보면 이민혁도 못 막을 것 같은데?

ㄴ리그가 다르잖아. 맨유는 세계 최강 프리미어리그에서 경쟁

하잖아. 그리고 이민혁? 걘 아직 더 검증을 받아야 해. 너무 팀빨이 심해.

ㄴ요즘에 분데스리가가 더 잘하는 것 같던데? 그리고 팀빨? 이민혁 돌파 능력 못 봤냐? 제발 경기 좀 보고 말하자.

같은 시각.

바이에른 뮌헨의 팀 내 분위기는 열기로 가득했다.

집중을 못 하던 선수들이 이제는 훈련에 몰두했다. 챔피언스 리그 8강의 상대로 맨체스터 유나이티드가 결정된 이후에 생긴 일이었다.

'다들 열정이 대단하네.'

이민혁은 흐르는 땀을 닦아 내며 헛웃음을 흘렸다.

며칠 전이랑은 전혀 다른 모습을 보여 주는 동료들을 보며 확신하게 됐다. 동기부여는 엄청난 힘을 가진다는 걸.

'챔피언스리그 명단에라도 들었으면 좋겠네.'

요즘 괜찮은 활약을 하고 있다곤 하지만. 이민혁은 챔피언스 리그에 나갈 가능성을 크게 보진 않고 있었다.

'프랑크 리베리의 컨디션이 좋아 보이고, 샤키리도 살아나고 있어.'

얼마 전부터 부상을 완전히 회복하고 훈련에 복귀한 프랑크 리베리가 연습 경기 때마다 미친 활약을 보여 주고 있었으니까.

더구나 제르단 샤키리도 훈련 때마다 위협적인 플레이를 펼치고 있었으니까.

'또, 챔피언스리그에는 경험이 많은 선수를 내보내는 경우가

많으니까.'

이민혁이 꾸준히 공격포인트를 기록하고 있다고는 해도, 아직 챔피언스리그를 경험해 본 적 없는 신예다.

펩 과르디올라 감독으로선 팀의 명예와 감독의 자존심이 달린 챔피언스리그에 신예 선수를 쓰는 게 부담이 될 수밖에 없다.

'뭐, 더 열심히 하는 수밖에 없겠지.'

혹시나 주어질지 모르는 기회.

이민혁은 그 기회를 바라보며 훈련에 매진했다.

*　　　　*　　　　*

바이에른 뮌헨의 일정엔 챔피언스리그만 있는 게 아니었다.

여전히 분데스리가 일정도 포함되어 있었다.

펩 과르디올라 감독은 선수들의 체력이 떨어진 리그 막바지가 다가오는 상황에서도 리그 무패 우승에 대한 욕심을 버리지 않았다.

그는 라커 룸에서 선수들을 모아 놓고 말했다.

"관중들의 함성이 들리나요? 저들은 바이에른 뮌헨의 최고의 모습을 보기 위해서 먼 길을 온 고마운 분들입니다. 저들이 없다면 프로축구 선수도 없다는 걸 항상 인지하길 바라며, 오늘도 모든 걸 쏟아 내세요."

리그 우승이 거의 확실시해진 상황이지만, 그래도 마인츠를 상대로 최선을 다할 것.

팬들을 위해 모든 걸 쏟아 낼 것.

펩 과르디올라의 지시였다.

다만, 그는 챔피언스리그를 대비해서 선수들의 체력 관리는 확실하게 해 줬다.

다행히 바이에른 뮌헨의 선수 스쿼드는 넓은 편이었고, 펩 과르디올라 감독은 능력이 뛰어난 사람이었다.

―선수들이 입장합니다!

―오늘 바이에른 뮌헨의 선발진이 평소와는 조금 다른 걸 볼 수 있는데요. 아무래도 남은 리그 경기와 챔피언스리그를 대비한 로테이션이겠죠?

―그렇습니다. 펩 과르디올라 감독이 얼마 전에 인터뷰한 내용을 보면, 챔피언스리그 우승을 노리고 있다는 걸 알 수 있습니다. 그래서 오늘 선발진은 얼마 뒤에 있을 맨체스터 유나이티드와의 8강전을 대비한 것이라고 볼 수 있을 것 같습니다.

오늘 바이에른 뮌헨의 선발진은 다음과 같았다.

최전방엔 클라우디오 피사로, 미드필더엔 제르단 샤키리, 이민혁, 마리오 괴체, 슈바인슈타이거, 토니 크로스, 수비수엔 하비마르티네스, 제롬 보아텡, 데이비드 알라바, 골키퍼는 마누엘 노이어.

강력한 선발진이었지만, 베스트 멤버는 아니었다.

프랑크 리베리도 없고, 아르연 로번과 토마스 뮐러도 없다. 또, 최근 물오른 골 감각을 보여 주고 있는 마리오 만주키치도 출전하지 않았다.

―바이에른 뮌헨이 초반부터 좋은 연계를 보여 주네요! 역시 이번 시즌 분데스리가 최강 팀다운 경기력입니다!

그럼에도 바이에른 뮌헨은 강했다.
전반전에만 좋은 슈팅 기회를 3번이나 만들 정도로.
그러나, 이토록 좋은 경기력에도 골은 터지지 않았다.

―카리우스의 선방 쇼입니다! 이야~! 오늘 로리스 카리우스 골키퍼가 제대로 날이 서 있는데요? 벌써 몇 번이나 마인츠를 실점 위기에서 구해 내고 있습니다!

로리스 카리우스.
마인츠의 주전 골키퍼인 그가 믿을 수 없는 선방을 연달아 보여 주며 모든 슈팅을 막아 냈기 때문이었다.

계속해서 좋은 슈팅이 막히면 힘이 빠지게 마련이지만, 바이에른 뮌헨 선수들은 그렇지 않았다.
골을 넣을 수 있다는 믿음을 갖고 계속 공격을 시도했다.
결국, 이들의 공격은 후반전에 결실을 봤다.

―오옷! 좋은 패스입니다!

수비에만 급급하던 마인츠를 토니 크로스의 날카로운 전진패스로 뚫어 냈고.

─클라우디오 피사로가 공을 잡습니다! 바로 때리나요! 아~! 때립니다! 고오오오올! 바이에른 뮌헨의 선제골이 드디어 터지네요~!

바이에른 뮌헨의 스트라이커 피사로가 깔끔하게 받아 넣었다.
골이 터지자, 바이에른 뮌헨의 공격은 더욱 살아났다.
더구나 펩 과르디올라 감독은 완벽하게 회복에 성공한 프랑크리베리와 늘 좋은 활약을 펼쳐 주는 토마스 뮐러를 투입하며 더욱 공격을 강화했다.

─프랑크 리베리가 제르단 샤키리와 교체되어 들어옵니다. 바이에른 뮌헨의 팬들이 부상에서 돌아온 리베리에게 커다란 박수를 보내고 있습니다! 아~! 토마스 뮐러도 함께 투입하네요! 오늘 조금은 아쉬운 움직임을 보였던 마리오 괴체 선수가 빠지네요.
─펩 과르디올라 감독으로서는 챔피언스리그 8강전이 펼쳐지기 전까지 프랑크 리베리가 살아나기를 바라고 있을 것 같습니다. 부상을 당하기 전까진 팀의 에이스 역할을 하던 선수였거든요!
─맞습니다. 만약 리베리가 살아난다면 팀에 큰 힘이 될 게 분명하죠!

프랑크 리베리.
그의 얼굴엔 오랜만의 복귀전이라는 감정이 드러나지 않았다.

늘 그랬듯 특유의 무표정한 얼굴로 왼쪽 윙어 자리로 뛰어 들어갈 뿐이었다.

리베리의 복귀전.

그 장면을 실시간으로 보던 바이에른 뮌헨 팬들은 열광했다. 하지만 동시에 걱정했다.

"리베리다! 프랑크 리베리가 나왔어! 드디어 복귀전이구나! 근데 전과 같은 기량을 보여 줄 수 있으려나? 시간이 좀 걸릴 텐데……?"

"프랑크 리베리가 챔피언스리그 때까지 감각을 되찾았으면 좋겠는데… 현실적으론 쉽지 않을 거야."

"리베리가 살아나기만 한다면 바이언은 챔피언스리그 4강에 오를 수 있을 거야. 하지만 부상에서 복귀한 지 얼마 안 돼서 경기력을 회복하려면 시간이 꽤 걸리겠지……."

프랑크 리베리가 부상으로 인해 경기력이 떨어지진 않았을까? 최소한 감각이 무뎌지진 않았을까? 하는 걱정이었다.

잠시 후 후반 82분이 되었을 때, 프랑크 리베리는 팬들의 걱정이 전부 쓸데없는 것이었다는 걸 증명했다.

―오오오오! 계속 침투합니다! 프랑크 리베리가 마인츠의 수비진을 휘젓고 있습니다! 슈팅까지 가져갈 수도 있겠는데요? 때렸습니다! 고오오올! 프랑크 리베리! 마인츠의 수비진을 뚫고 직접 마무리까지 해 버리네요!

―바이에른 뮌헨에 프랑크 리베리가 돌아왔습니다!

경기장엔 거대한 함성이 쏟아졌다.

이민혁을 비롯한 바이에른 뮌헨 선수들은 프랑크 리베리를 바라보며 입을 쩍 벌렸다. 순간 너무 놀라서 몸이 경직됐다. 복귀전에서 골을 넣은 것에 대해 축하해 줄 생각도 못 했다.

'정확히 3명을 제치고 골을 넣었어. 와… 이런 게 가능한 거였어? 그것도 복귀전에서……?'

이민혁이 황당한 감정이 담긴 웃음을 터뜨렸다.

리베리가 괴물이라는 건 이미 많은 훈련을 해 봐서 알고 있었지만, 오랜만에 보니까 또 느낌이 새롭다. 저 사람은 정말… 경악스러운 괴물이다.

하지만, 이대로 놀라기만 할 생각은 없다. 언제까지고 괴물의 뒤를 바라볼 생각도 없다.

'나도 뭔가를 보여 줘야 해.'

독일에 온 이후로 확실히 느낀 게 있다.

기회는 스스로 얻어 내야 한다는 것이다.

이민혁은 남은 시간 동안 공격포인트를 얻어 내진 못했지만, 활발한 움직임을 펼치며 모든 것을 쏟아 냈다.

삐이이익!

마인츠와의 경기가 종료됐고, 이민혁은 팀이 승리한 것에 대한 보상으로 경험치를 받았다.

비록 추가로 레벨이 오르진 않았지만, 경험치를 얻고, 실전 경험을 더 쌓았다는 것만으로도 얻은 게 있는 경기였다.

　　　　*　　　　*　　　　*

　레버쿠젠과의 경기와 마인츠와의 경기가 끝난 이후.

　이민혁에겐 변화가 생겼다.

　팀 내에서의 입지가 처음 1군에 들어왔을 때와는 완전히 달라졌다는 것이다.

　"민혁! 실력이 되게 빠르게 늘고 있는 것 같다? 집에서 내 하이라이트 영상을 꾸준히 보고 있나 봐?"

　시크한 성격을 가진 프랑크 리베리가 먼저 농담을 걸어왔고.

　"리, 끝나고 나랑도 훈련할래?"

　조용한 성격인 토마스 뮐러가 함께 훈련하자며 다가왔다.

　이민혁에겐 전부 신기한 경험이었다.

　변화는 이걸로 끝이 아니었다.

　손흥민.

　현재 한국에서 가장 인기 있는 선수 중 하나인 그와 연락을 주고받는 사이가 됐다는 것도 큰 변화였다.

　'흥민이 형이랑 친해진 게 제일 신기하단 말이야.'

　TV나 인터넷으로만 보던 손흥민과 형 동생 사이가 되었고, 조만간 밥도 한 끼 먹기로 했다.

　물론 연락을 하고 밥을 먹는 것은 누군가에겐 별일이 아닐 수도 있다.

　그러나 이민혁에겐 큰 힘이 되는 일이었다.

타지인 독일에서 축구에 관한 이야기를 할 수 있는 한국 친구를 사귀는 건 어려운 일이었으니까.

'독일에서의 생활이 더 재밌어지겠어.'

씨익!

이민혁의 얼굴에 미소가 지어졌다.

독일에서의 삶은 즐거웠다. 축구 실력이 나날이 늘어 가고 있고, 1군에서 자리를 잡아 가고 있다는 것도 즐거웠고.

부모님의 사업이 잘되어 가고 있다는 것과 손흥민이라는 새로운 친구가 생겼다는 것도 전부 즐거웠다.

그리고.

며칠 뒤, 또 하나의 즐거운 일이 생겼다.

「이민혁, 챔피언스리그 8강전 명단에 이름 올려!」

「챔피언스리그 명단에 포함된 이민혁, 맨체스터 유나이티드전에서 데뷔할 수 있을까?」

이민혁은 챔피언스리그에 나갈 수도 있다는 가능성을 얻었다.

＊   ＊   ＊

UEFA 챔피언스리그는 유럽 최고의 팀을 결정하는 대회다.

당연하게도 엄청난 규모로 펼쳐진다.

아무나 참여하지도 못한다.

좋은 성적을 낸, 일정 조건을 만족해야만 참여할 수 있는 영광스러운 대회다.

흔히 말하는 강팀. 그런 팀들이 출전하는 대회였고 그래서인지 별들의 전쟁이라고도 불린다.

현재는 16강전까지 모두 다 진행된 상황이었다.

이제 8강과 4강 그리고 결승전만이 남았다.

팬들과 선수들 모두에게 가장 떨리는 순간이었다.

유럽의 강팀만 모이는 대회답게 이번 시즌에도 8강에 오른 팀들의 이름은 화려했다.

레알 마드리드, 바르셀로나, 아틀레티코 마드리드, 맨체스터 유나이티드, 파리 생제르맹, 첼시, 도르트문트 그리고 바이에른 뮌헨까지.

전부 세계적으로 유명한, 많은 팬을 보유한 클럽들이다.

또한, 이 중 누가 우승을 해도 이상하게 느껴지지 않을 정도로 모두 강팀들이었다.

때문에, 이 팀들이 맞붙는 경기를 볼 수 있다는 건 축구 팬들에겐 즐거운 일이다.

반면, 8강에 오른 팀의 선수들에겐 그동안 해 왔던 것들을 전 세계에 검증받고, 팀의 명예를 높일 수 있는 순간이었기에 긴장감을 쉽게 떨쳐 내지 못했다.

베테랑 선수들조차 긴장하게 되는, 챔피언스리그 8강이 펼쳐질 날은 빠르게 가까워졌다.

그리고 지금.

「이민혁, 챔피언스리그 8강전 명단에 이름 올려!」

이민혁이 챔피언스리그에 출전할 수도 있게 됐다는 사실에 한국 팬들은 곧바로 반응했다. 각종 포털사이트의 검색어 1위와 2위에 '이민혁'과 '바이에른 뮌헨vs맨체스터 유나이티드'가 오르내렸다.

한국 포털사이트에 실시간으로 작성되는 기사의 숫자도 대단했다. 전부 이민혁과 챔피언스리그, 바이에른 뮌헨, 맨체스터 유나이티드에 관한 기사였다.

기사들에 대한 반응도 대단했다. 조회수가 폭발적으로 올라갈 정도로.

각종 축구 관련 커뮤니티들도 뜨거웠다.

ㄴㄷㄷㄷㄷㄷ이민혁 20살에 챔스 데뷔하는 거냐? 그러면 진짜 레전드인데?

ㄴ후보잖아… 벤치만 달굴 수도 있음. 근데 일단 명단에 이름 올린 것만으로도 대단한 거긴 함.

ㄴ이민혁 폼이 너무 좋아서 펩 과르디올라도 조금은 뛰게 해 줄 것 같은데? 바이에른 뮌헨에서 요즘 계속 키워 주고 있잖아.

ㄴ이민혁은 다 좋은데, 몸싸움이 약하고 패스가 부족한 게 아쉬워. 패스만 좋아져도 펩 과르디올라 감독이 딱 좋아하는 스타일인데 말이지.

ㄴ이민혁은 아직 나이가 어리잖아요. 패스는 노오오오력하면

좋아질 수 있어요.

　ㄴㄴㄴ패스도 타고나는 거. 재능 없으면 안 늘어.

　ㄴ그러면 괜찮네. 이민혁의 재능은 독일에서도 높게 평가받고
있잖아?

　ㄴ치킨 시키고 볼 건데, 제발 이민혁이 출전했으면 좋겠다.

　이민혁이 과연 얼마나 성장할 수 있을지, 과연 맨체스터 유나
이티드와의 챔피언스리그 8강전에 출전 기회를 얻을 수 있을 것
인지.

　그것에 관한 관심은 엄청났다.

　'좀 떨리네.'

　당사자인 이민혁도 챔피언스리그에 신경을 쓰지 않을 수가 없
었다.

　오히려 아예 기대도 하지 않았을 때는 괜찮았다. 그러나 지금
은 출전할 수도 있게 되었지 않은가.

　'챔피언스리그에서 뛰는 건 어떤 느낌일까?'

　상상했던 적은 있다.

　꿈을 꿨던 적도 있다.

　챔피언스리그의 넓은 그라운드 위에서 경기장을 가득 채운
관중들이 쏟아 내는 함성.

　그 함성을 들으며 뛰는 상상.

　중요한 골을 넣고 동료들에게 파묻혀서 축하를 받는 꿈.

　축구선수라면 누구나 해 봤을 상상이었고, 꿔 봤을 꿈이
다.

'정말 현실이 될 수 있다면……'

만약 정말로 챔피언스리그 8강전에 출전할 수 있다면, 많은 걸 얻게 될 것이다.

그중 가장 욕심나는 건 하나였다.

'분명 엄청난 경험치를 얻을 거야.'

경험치.

이민혁의 생각엔 챔피언스리그에 출전한다면 레벨이 오를 수도 있는 많은 양의 경험치를 얻게 될 것 같았다.

때문에, 욕심이 날 수밖에 없었다.

'그만. 이런 생각을 해 봤자 집중력만 떨어질 뿐이야.'

이민혁이 고개를 강하게 저으며 생각했다.

지금은 이럴 생각을 할 때가 아니다. 지금은 당장 앞에 있는 훈련과 실력을 늘리는 것에 집중해야 할 때다. 내가 잘하면 기회는 저절로 따라올 것이다.

'계속 달리자.'

스윽!

이민혁의 입가에 옅은 미소가 떠올랐다.

머릿속에 가득했던 생각들을 조금 비워 내니 한결 마음이 편해졌다.

마음이 편해졌기 때문일까?

이민혁은 맨체스터 유나이티드와의 경기가 시작되기 바로 직전에 펼쳐진 팀 내 연습경기에서 좋은 활약을 보여 주었다.

1골 1어시스트.

비록 연습경기라고 하나 바이에른 뮌헨 1군 선수들을 상대로 펼친 활약이다.

펩 과르디올라 감독, 코치, 동료들은 이민혁에게 칭찬을 아끼지 않았다

그리고.

마침내 그날이 다가왔다.

바이에른 뮌헨과 맨체스터 유나이티드의 8강전이 펼쳐지는 날이.

챔피언스리그는 세계적으로 인기가 많은 대회다.

당연하게도 한국에서도 실시간으로 중계를 했다.

해설들의 톤은 평소보다 높아져 있었다. 같은 한국인인 이민혁이 후보 명단에 들어가 있다는 이유 때문이었다.

—챔피언스리그 8강전을 펼치기 위해 양 팀 선수들이 경기장에 들어오고 있습니다!

—대한민국의 이민혁 선수는 오늘 벤치에서 경기를 지켜보게 될 텐데요. 과연 이민혁 선수는 한국 팬들이 원하는 것처럼 경기에 출전할 수 있을지, 기대됩니다!

오늘은 챔피언스리그 8강 1차전이었다.

꼭 이겨서 기선 제압을 해야만 하는 경기. 오늘 이겨야만 2차전에서의 경기가 수월해지고, 4강으로 향하는 길이 편해진다.

그걸 알기에 양 팀 모두 선발진으로 총력전을 예고했다.

—먼저 바이에른 뮌헨의 선발진을 확인해 보겠습니다! 오늘 4—3—3 전술을 들고 온 바이에른 뮌헨의 공격수 자리엔 토마스 밀러, 그리고 양쪽 측면엔 각각 아르연 로번과 프랑크 리베리가, 중원엔 슈바인슈타이거, 토니 크로스, 필립 람이, 수비엔 데이비드 알라바, 하피냐, 하비 마르티네스, 제롬 보아텡이 출전했습니다.

—마리오 만주키치가 선발로 나오지 않은 건 조금 의외죠?

—그렇습니다. 최근 마리오 만주키치는 분데스리가에서 득점왕 경쟁을 하고 있을 만큼 좋은 골 감각을 보여 주고 있는데요. 그럼에도 챔피언스리그에 선발로 출전하지 못했다는 사실은 만주키치 선수에겐 실망스러운 일이겠죠.

—최근 마리오 만주키치 선수와 펩 과르디올라 감독 사이에 불화설이 있던데, 그것 때문일까요?

—그럴 수도 있겠지만, 오늘은 펩 과르디올라 감독이 자신이 준비한 전술에 맞는 선수들을 기용했다는 느낌이 더 큽니다. 토마스 밀러를 최전방 스트라이커로 내세운 걸 보면, 피지컬이 좋고 공중볼에 강한 맨체스터 유나이티드에게 공중볼보다는 발밑을 이용한 공격을 하겠다는 의도가 보이거든요.

—아~! 듣고 보니까 그렇네요. 리오 퍼디난드와 네마냐 비디치가 지키고 있는 맨체스터 유나이티드의 수비진을 공중볼로 뚫기는 어렵다고 판단한 모양이군요!

—맞습니다. 또, 맨체스터 유나이티드엔 공중볼에 강한 마루앙 펠라이니 선수도 있기에 공중볼에서 이기는 건 더욱 어렵다고 생각했을 겁니다. 그래서! 오늘은 과연 바이에른 뮌헨의 발밑 공격이 맨체스터 유나이티드에게 효과적으로 통할 것인지, 평소 측면공격

의 비중이 높았던 바이에른 뮌헨이 어떤 식으로 경기를 풀어 나갈 것인지에 집중하면서 경기를 보시면 더욱 재밌게 시청하실 수 있을 것 같습니다.

—말씀이 끝나기 무섭게 경기가 시작되네요! 챔피언스리그 8강 1차전! 지금 시작합니다!

경기는 해설들의 말처럼 흘러갔다.

바이에른 뮌헨은 평소와는 조금 다른, 맨체스터 유나이티드전을 위한 맞춤 전술을 가져왔다.

나이가 들긴 했지만, 리오 퍼디난드와 네마냐 비디치로 이뤄진 조합은 한때 세계 최강의 수비라고 불리던 조합이다.

펩 과르디올라 감독은 이들을 공중볼에선 제압하기 힘들 거라고 계산했다. 그래서 평소와는 다른, 낮고 빠른 크로스를 이용해서 맨체스터 유나이티드를 제압할 생각이었다.

반면, 맨체스터 유나이티드의 전술은 리그 때와 크게 다를 게 없었다.

비디치, 퍼디난드, 알렉산더 뷔트너, 필 존스가 수비수로 출전했고, 라이언 긱스, 마이클 캐릭, 마루앙 펠라이니, 안토니오 발렌시아가 미드필더로, 웨인 루니와 대니 웰벡이 공격수로 출전했다.

리그에서도 자주 사용하는 4—4—1—1 전술!

다만, 바이에른 뮌헨 선수들에겐 그리 위협적으로 보이진 않았다.

현재 맨체스터 유나이티드는 이 전술로 프리미어리그에서 7위를 기록하며 명성에 걸맞지 않은 활약을 하고 있었으니까.

반대로 바이에른 뮌헨은 현재 세계 최강의 팀이라는 평가를 받고 있을 정도로 좋은 활약을 펼치고 있었으니까.

더구나.

맨체스터 유나이티드의 선발진은 베스트 멤버가 아니었다.

월드클래스 스트라이커이자, 맨체스터 유나이티드의 주득점원인 로빈 판페르시가 부상으로 출전하지 못했고, 주전 풀백인 에브라와 하파엘도 각각 경고 누적과 가벼운 부상을 이유로 출진하지 못했다.

가뜩이나 객관적인 전력에서 밀리는데, 주전선수가 3명이나 빠지게 된 맨체스터 유나이티드.

그런데, 막상 전반전 초반은 치열하게 흘러갔다.

─맨체스터 유나이티드가 중원 싸움에서 밀리지 않습니다! 라인을 내리며 수비적으로 운영하고 있다고는 하지만… 그래도 이건 의외인데요? 오늘 바이에른 뮌헨은 중원에 힘을 많이 실었거든요?

─맞습니다! 바이에른 뮌헨은 분명히 중원에서 상대를 압도할 생각으로 나왔습니다. 이건 필립 람 선수를 수비형 미드필더로 세우고, 토니 크로스, 슈바인슈타이거를 선발로 출전시킨 것만 봐도 알 수 있는 일이죠! 그런데 맨체스터 유나이티드가 오늘 제대로 칼을 갈고 나온 것 같습니다! 이번 시즌, 리그에서 실망스러운 경기력으로 팬들에게 실망을 줬던 팀이라고는 전혀 생각할 수 없는 경기력인데요?

해설들의 말처럼 맨체스터 유나이티드의 경기력은 좋았다. 경기를 시청하는 축구 팬들의 예상을 뛰어넘을 정도로. '

사실상 주전선수 3명이 빠진 1차전엔 최대한 실점을 줄이는 경기를 하고, 2차전에 모든 걸 걸겠다는 의도가 뻔히 보이는 수비 위주의 움직임.

이 움직임은 공격적인 전술을 들고나온 바이에른 뮌헨에게 효과적으로 먹혀들었다.

이에 당황한 건 바이에른 뮌헨 선수들이었다.

상대가 예상보다 거칠게 나왔고, 수비도 생각했던 것보다 훨씬 더 강했다.

당황한 건 경기를 지켜보던 이민혁도 마찬가지였다.

'맨유의 수비가 너무 단단한데? 이럴 때 억지로 뚫으려고 했다가 역습이라도 당하면 위험해질 텐데……'

현재 맨체스터 유나이티드는 대놓고 수비를 하고 있었다. 최전방 스트라이커인 대니 웰벡만 전방에 서 있고, 다른 선수들은 전부 라인을 내리고 공격의 의지를 보이지 않았다. 또 다른 공격수인 웨인 루니마저 라인을 내렸을 정도다.

분명 역습 한 방을 노리는 것처럼 보였다.

바이에른 뮌헨 선수들도 그걸 알기에 좀 더 조심스럽게 패스를 주고받기 시작했다.

아르연 로번과 프랑크 리베리도 역습을 경계하며 돌파 시도를 자제했다.

긴장감이 맴도는 상황에서 라인을 올린 바이에른 뮌헨 선수들이 조심스레 맨체스터 유나이티드의 빈틈을 찾는 작업을 이어 갔다.

마침내, 전반 35분이 되었을 때.

바이에른 뮌헨의 미드필더 토니 크로스는 상대의 틈을 찾아 냈다.

"토마스!"

토마스 뮐러를 바라보며 찔러 넣는 패스.

날카로운 그 패스는 당장에라도 맨체스터 유나이티드의 수비 진을 뚫어 낼 것처럼 보였다.

그러나 맨체스터 유나이티드의 수비수들이 누구던가!

비록 노쇠화가 진행되고 있다고는 하나, 시대를 풍미했던 레전 드 리오 퍼디난드와 네마냐 비디치였다.

네마냐 비디치는 뒤로 파고드는 토마스 뮐러를 막았고, 리오 퍼디난드는 빠른 반응속도로 토니 크로스의 패스를 걷어 냈다. 퍼엉!

그야말로 환상적인 호흡이었다.

퍼거슨 감독이 물러나며 팀의 분위기와 전술이 흔들렸지만, 이들의 경험과 수비력이 사라진 건 아니었다. 퍼디난드와 비디치 는 지금의 수비로 그걸 증명했다.

─리오 퍼디난드와 네마냐 비디치가 전성기를 방불케 하는 수 비를 보여 줍니다! 이 선수들이 오늘 경기에 얼마나 많은 동기부여 가 되어 있는지 알 수 있는 장면입니다!

─맨체스터 유나이티드의 팬들이 환호하고 있습니다! 맨체스터

유나이티드의 역습입니다!

리오 퍼디난드가 걸어 낸 공은 마이클 캐릭에게로 향했다.

캐릭은 곧바로 전방을 향해 긴 패스를 뿌렸다.

잔뜩 웅크렸던 맨체스터 유나이티드 선수들은 이 순간만 기다렸다는 듯 전방을 향해 전속력으로 뛰어나갔다.

투욱!

마이클 캐릭이 뿌려 낸 롱패스를 팀의 레전드 라이언 긱스가 받아 냈고.

퍼엉!

라이언 긱스는 단 한 번의 아름다운 터치 이후에 바로 최전방으로 달리는 대니 웰백에게 패스를 뿌렸다.

순식간에 이어진 연계.

바이에른 뮌헨전을 준비하며 아껴 뒀던 이 역습 한 방으로 대니 웰백과 마누엘 노이어의 일대일 상황이 만들어졌다.

"…젠장!"

바이에른 뮌헨의 골키퍼 마누엘 노이어가 골대를 버리고 튀어나왔다.

슈팅을 때리기 어렵게 각을 좁히는 움직임이었다. 타이밍은 괜찮았다. 위험하긴 했지만, 만약 대니 웰백이 슈팅을 강하게 때린다면 어떻게든 막아 낼 자신이 있었다.

마누엘 노이어는 자신감을 가질 만한 실력을 지닌 선수였다.

'칩슛만 아니면 돼!'

키를 넘기는 슈팅만 아니면 된다. 마누엘 노이어는 그렇게 생각하며 대니 웰벡과의 거리를 좁혔다. 자세를 낮추고 팔을 넓게 펼쳤다.

그러나.

투웅!

대니 웰벡은 공을 가볍게 찍어 찼다.

칩슛만은 아니기를 바랐던 마누엘 노이어는 고개를 휙 돌려 골대를 비라봤다.

공은 포물선을 그리며 날아갔고, 골대 앞에서 천천히 떨어져 내렸다.

퉁! 투웅! 철렁!

―고, 골입니다……! 단 한 번의 역습으로 맨체스터 유나이티드가 득점에 성공했습니다!

바이에른 뮌헨의 홈구장, 알리안츠 아레나.

커다란 경기장만큼이나 뜨거웠던 분위기가 싸늘하게 식었다.

*　　　　*　　　　*

바이에른 뮌헨의 홈구장, 알리안츠 아레나는 크고 아름답다. 선수들과 팬들 모두 자부심을 가질 정도로.

무려 7만 명이 앉을 수 있는 이곳엔 많은 수의 바이에른 뮌헨의 팬들이 자리하고 있었다.

독일에서 가장 인기 많은 팀다운 인기였다.

그런데 지금.

알리안츠 아레나의 뜨거웠던 분위기가 싸늘하게 식어 버렸다.

—맨체스터 유나이티드의 대니 웰벡이 바이에른 뮌헨의 홈에서 선제골을 터뜨렸습니다!

—아~! 정말 예상외의 상황이 벌어졌습니다! 바이에른 뮌헨이 거의 반코트 게임을 하고 있었는데 말이죠! 맨체스터 유나이티드의 역습 한 방이 너무도 날카로웠습니다!

—이러면 바이에른 뮌헨으로선 마음이 급해질 수밖에 없죠! 빨리 동점골을 넣어야 하거든요! 반면에 맨체스터 유나이티드는 하던 대로 수비 후 역습 전술을 사용하면 되는 상황입니다. 상대적으로 편하게 경기를 운영할 수 있겠죠!

바이에른 뮌헨이 어떤 팀이던가.

역사적으로도 강한 팀이었고, 많은 시즌에서 분데스리가의 제왕 자리를 놓치지 않은 팀이다.

특히, 이번 시즌만큼은 세계적으로 놓고 봐도 최강의 팀이라고 평가받는 팀이기도 했다.

분위기도 좋았다. 반코트 게임에 가깝게 분위기를 압도하던 상황이었다. 먼저 골을 넣으면 넣었지, 역습 한 방으로 골을 허용할 거란 생각은 하지 못했다.

팬들도 그렇고, 경기장에서 직접 뛰는 선수들도 그랬다.

더구나 상대인 맨체스터 유나이티드는 베스트 멤버도 아니지 않은가.

―경기장에 있는 바이에른 뮌헨의 팬들이 충격에 **빠졌습니다**!

해설들의 말처럼 경기장에 있던 바이에른 뮌헨의 팬들은 충격에 **빠진** 얼굴로 경기장을 바라봤다.

하지만 그 시간은 길지 않았다.

골을 허용한 바이에른 뮌헨 선수들은 이미 침착함을 되찾았고, 팬들도 충격을 회복했다. 팬들은 바이에른 뮌헨이 곧 골을 넣을 거라는 걸 믿어 의심치 않았다.

"방금은 맨체스터 유나이티드의 역습이 좋았어. 하지만 결국 이기는 건 바이언일걸? 이번 시즌의 바이언 화력은 세계 최강이니까!"

"로번과 리베리는 아직 제대로 날뛰지도 않았어. 선제골을 먹혔으니까 이제부턴 진짜 실력을 보여 줄 거야."

"바이에른 뮌헨은 이대로 질 팀이 아니야."

절대 지지 않을 것 같은 이미지를 만들었고, 실제로 분데스리가에서 무패를 달리고 있다는 것. ·

바이에른 뮌헨 팬들의 믿음이 깨지지 않는 이유였다.

―바이에른 뮌헨의 속도가 **빨라졌습니다**! 확실히 선제골을 허용한 이후부터는 템포를 올리네요!

―경기에서 승리하려면 빠르게 동점골을 가져와야 한다는 걸

의식하고 있는 거겠죠!

경기장의 분위기가 변했다.

선수들의 움직임도 변했다.

위기에 몰리면 본능적으로 자주 쓰던 무기를 꺼내 들게 마련인데, 지금 바이에른 뮌헨이 그랬다.

그리고.

그 무기는 이번에도 통했다.

세계 최고 수준의 윙어인 프랑크 리베리와 아르옌 로번.

이 두 선수에게 패스가 집중됐고, 이들은 맨체스터 유나이티드의 측면을 흔들었다.

─리베리가 맨체스터 유나이티드의 측면을 돌파합니다! 아~! 필 존스가 뚫렸습니다!

─오늘 하파엘 선수 대신에 라이트백으로 출전한 필 존스인데, 리베리의 움직임을 막기엔 역부족이었나 봅니다!

─프랑크 리베리! 깊게 파고듭니다! 리오 퍼디난드가 리베리를 막아섭니다! 리베리, 공을 뒤로 밀어 줍니다!

프랑크 리베리는 개인 능력도 뛰어나지만, 이타적인 플레이도 잘하는 선수다.

지금도 그 능력을 보여 줬다.

─리베리의 정확한 패스! 토마스 뮐러가 때립니다!

리베리는 리오 퍼디난드의 시선을 끌고, 그걸로도 모자라 네마냐 비디치가 막기 힘든 위치로 패스를 뿌려 냈다.

공은 바닥에 깔려서 적당한 속도로 굴러갔고, 토마스 뮐러가 다이렉트 슈팅을 때렸다.

완벽한 연계였다. 분데스리가에서도 바이에른 뮌헨의 많은 골을 책임졌던 패턴 중 하나이기도 했다.

수없이 연습이 된 플레이. 때문에, 당연히 골이 될 거라고 봤던 상황.

다만, 문제가 있었다.

─우오오오! 이걸 막아 내나요?! 다비드 데 헤아의 슈퍼세이브가 나옵니다!

맨체스터 유나이티드의 골키퍼가 다비드 데 헤아라는 것.

오늘 데 헤아의 컨디션이 최상이라는 것.

이 사실들은 바이에른 뮌헨에게 큰 고통을 줬다.

"젠장! 이걸 막는다고?"

토마스 뮐러가 잔디를 걸어차며 거칠게 짜증을 냈다.

너무 좋은 기회를 놓쳤다는 것에 대한 죄책감과 동료들에 대한 미안함이 섞인 짜증이었다.

다만, 이건 시작에 불과했다.

─맨체스터 유나이티드의 골문이 열릴 듯하면서도 열리지 않습

니다!

─다비드 데 헤아! 세계 최고의 골키퍼 중 하나라는 평가가 너무나도 잘 어울리는 모습입니다!

다비드 데 헤아는 아르연 로번의 매크로 슈팅까지 막아 내며 미친 선방을 보여 줬다.

바이에른 뮌헨의 팬들의 얼굴엔 불안함이라는 감정이 떠오르기 시작했다. 팬들은 머리를 쥐어뜯으며 다비드 데 헤아를 원망했다.

"저 자식, 도대체 뭐냐고오오! 어떻게 다 막는 거야?"

"방금 로번의 슈딩은 사실상 골이나 다름없었잖아?! 저걸 막으면 어떻게 하냐고!"

"이거… 설마 지진 않겠지?"

프랑크 리베리와 아르연 로번이 맨체스터 유나이티드의 수비를 흔들고 슈팅까지 만들어 냈음에도 골이 나오지 않는다는 것.

최근에 겪어 보지 못했던 일이었고, 이에 바이에른 뮌헨 선수들도 당황할 수밖에 없었다. 멘탈이 흔들렸고 경기력에도 영향을 끼쳤다.

심지어 전반전이 끝나기 직전인 지금은 맨체스터 유나이티드에게 위험한 역습을 허용하기까지 했다.

─웨인 루니가 대니 웰벡에게 공을 연결합니다! 대니 웰벡! 빠릅니다!

바이에른 뮌헨이 골을 넣기 위해 필사적으로 라인을 올리고 공격에만 집중하던 상황. 갑작스레 펼쳐진 역습에 뒷공간이 뻥 뚫리는 상황은 충분히 일어날 수 있는 일이었다.

다만, 0 대 1로 스코어에서 밀리던 상황에서 당한 역습은 타격이 컸다.

'안 돼! 여기서 또 골을 먹히면 절대 안 돼!'

'2 대 0이 되면… 질 수도 있어!'

짧은 순간, 바이에른 뮌헨 선수들의 얼굴이 딱딱하게 굳었다.

생각하기도 싫은 결과가 머릿속에 그려지기 시작했다.

그런데, 다행히 맨체스터 유나이티드의 역습은 골까지 연결되진 않았다.

─마누엘 노이어의 슈퍼세이브!

─맨체스터 유나이티드에 다비드 데 헤아가 있다면 바이에른 뮌헨엔 마누엘 노이어가 있죠!

바이에른 뮌헨의 수문장 마누엘 노이어. 그가 대니 웰벡과의 일대일 상황에서 슈팅을 막아 냈으니까.

하지만, 바이에른 뮌헨의 분위기는 좋지 않았다.

맨체스터 유나이티드를 압도하고자 준비해 왔는데, 전반전 동안 강하게 상대를 밀어붙였음에도 골을 넣기는커녕 오히려 한 골을 허용하고 위험한 상황까지 만들었다.

경기의 양상은 후반전에도 달라지지 않았다.

*   *   *

펩 과르디올라 감독의 표정은 좋지 못했다.

전반전이 끝난 이후, 선수들을 모아 놓고 전술을 점검하고 각자의 역할에 더 열심히 하게끔 연설을 펼쳤지만.

후반전의 상황이 크게 달라진 게 없었기 때문이다.

'이건… 정말 좋지 않아.'

펩 과르디올라, 그는 본능적으로 느끼고 있었다.

이 경기, 이대로라면 질 수도 있겠다고.

오랜 경험이 쌓여서 만들어진 본능이었고, 틀리는 경우는 많지 않았다.

'아르연 로번과 프랑크 리베리, 토마스 뮐러로 구성된 공격진은 분명히 강해. 그러나 골을 넣지 못하고 있어. 아무리 잘해도 골을 넣지 못하면… 변화를 줘야지.'

그래서 결정을 내렸다.

선수 교체로 경기의 분위기를 바꿔야겠다고.

'이 상황엔 어떤 선수를 넣는 게 정답일까?'

사실 정답은 없다. 펩 과르디올라 감독도 그걸 알고 있었다.

지금과 같은 상황에서는 누가 분위기를 바꿀 수 있을지, 세계 최고의 감독 중 하나인 그조차 알 수 없었다.

그때였다.

열심히 몸을 풀고 있는 선수들이 보였다.

그중 눈에 띄는 선수는 2명이었다.

마리오 만주키치, 그리고 이민혁.

펩 과르디올라 감독은 두 선수를 불렀다.

"마리오, 민혁, 만약 경기장에 들어간다면 분위기를 바꿔 놓을 수 있나요?"

부담되는 질문이라는 건 알고 있었다. 챔피언스리그 8강 1차전에서 팀이 밀리고 있는 상황. 이런 상황에서 교체로 들어가는 건 큰 부담일 수밖에 없다.

무언가를 보여 줘야만 했으니까. 그렇지 않으면 팬들에게 실망만을 안겨 줄 테니까.

자칫 잘못하면 팀의 패배의 원흉으로 찍혀 버릴 수도 있으니까.

역시나 마리오 만주키치는 굳은 얼굴로 고개를 끄덕였다.

"가진 걸 다 쏟아붓고 오겠습니다."

확실한 자신감을 드러내진 않지만, 최선을 다하겠다는 의지가 담긴 반응이었다. 진한 부담감도 느껴졌다.

펩 과르디올라 감독도 굳은 얼굴로 고개를 끄덕였다. 예상했던 반응이었다.

'그래, 이 정도면 충분해. 마리오 만주키치가 최전방에서 필사적으로 싸워 주면 좋은 기회가 만들어질 수도 있어. 그리고 이민혁은… 웃어?'

펩 과르디올라 감독이 경악했다.

부담될 수밖에 없는 질문을 받은 이민혁이 환하게 웃으며 기뻐하고 있었으니까.

전혀 부담스러워하지 않고 있었으니까.

"민혁, 왜… 웃죠?"

"너무 좋아서요."

"좋다… 고요?"

"간절하게 원했던 기회니까요. 챔피언스리그에, 그것도 8강에 출전할 기회잖아요? 이런 소중한 기회를 얻었는데, 당연히 좋은 것 아닙니까?"

"분위기를 바꿀 자신이 있는 겁니까?"

이민혁의 웃음이 더욱 진해졌다.

드디어 기다렸던 기회가 왔다. 이런 기회를 차 버릴 생각은 없다. 꼭 잡아서 내 걸로 만들 것이다.

부담감? 그런 것 따위는 없다.

이곳은 꿀단지다.

경험치, 레벨, 강자들과의 경기 경험 모두를 얻을 수 있는 꿀단지.

이토록 달콤한 기회는 부담을 주지 않는다. 그저 짜릿한 기쁨을 줄 뿐.

그렇게 생각하며, 이민혁은 펩 과르디올라 감독의 눈을 보며 고개를 끄덕였다.

"물론이죠. 자신 있습니다."

"…들어갈 준비 하세요."

챔피언스리그 8강 1차전 후반 60분, 이민혁의 교체 투입이 결정됐다.

*　　　　*　　　　*

―어? 바이에른 뮌헨이 선수교체를 준비하네요? 펩 과르디올라 감독이 승부수를 띄우려는 것 같습니다! 혹시 이민혁 선수가 기회를 얻은 걸까요? 오! 이민혁입니다! 이민혁이 들어오네요!

―바이에른 뮌헨이 선수를 교체합니다! 마리오 만주키치와 대한민국의 이민혁이 투입됩니다!

―영광스러운 장면입니다! 여러분은 이민혁 선수가 대한민국 국적 선수로서 챔피언스리그에 데뷔하는 순간을 보고 있습니다!

스윽!

이민혁이 경기장에 발을 디뎠다.

발끝엔 푹신한 잔디가 느껴졌고, 머릿속엔 과거의 일들이 스쳐 지나갔다.

힘들었던 일들과 서러웠던 일들, 고통스러웠던 일들이 빠르게 스쳤다.

챔피언스리그 데뷔.

꿈만 같던 일이었다.

'챔피언스리그라니……!'

그걸 이룬 지금, 말로 형용할 수 없는 기쁨이 몰려왔다.

더불어, 눈앞에 떠오르고 있는 메시지들은 그 기쁨을 몇 배로 불려주었다.

[퀘스트를 완료하셨습니다!]

[퀘스트 내용: UEFA 챔피언스리그에 출전하세요.]
[보상으로 경험치가 대폭 증가합니다.]

[퀘스트를 완료하셨습니다!]
[퀘스트 내용: UEFA 챔피언스리그 8강 1차전에 출전하세요.]
[보상으로 경험치가 대폭 증가합니다.]

[퀘스트를 완료하셨습니다!]
[퀘스트 내용: 만 20세 이하의 나이에 UEFA 챔피언스리그에 출전하세요.]
[보상으로 경험치가 대폭 증가합니다.]

[퀘스트를 완료하셨…….]
…….

[레벨이 올랐습니다!]
[레벨이 올랐습니다!]

＊　　　＊　　　＊

챔피언스리그 8강.
축구선수라면 누구나 뛰고 싶은 무대다.
이민혁에게도 그랬다.
벤치에 앉아 있는 매 순간 경기장으로 뛰쳐나가고 싶었다.

너무 뛰고 싶었다.

그리고 지금.

기회를 얻었고, 맨체스터 유나이티드와의 경기가 펼쳐지는 경기장 안으로 발을 디뎠다.

그 순간, 이민혁의 귀엔 들렸다.

"우와아아아아! 이민혁! 난 네가 해 줄 거라고 믿어!"

"바이언의 미래가 드디어 출전했다!"

"이봐! 한국에서 온 괴물다운 모습을 보여 줘!"

팀을 구해 달라는 간절함이 담긴 팬들의 함성이.

'골을 넣든, 어시스트를 하든, 뭔가를 보여 주긴 할게요.'

이민혁이 씨익 웃었다. 팬들의 함성을 듣는 건 언제나 전율이 흐르는 일이었다.

더불어, 그의 눈엔 보였다.

실시간으로 눈앞에 떠오르는 메시지들이.

'역시 챔피언스리그라는 건가?'

메시지의 양은 대단했다. 주어진 경험치도 엄청났다.

그동안 잘 오르지 않던 레벨이 2개나 오를 정도로.

[레벨이 올랐습니다!]
[레벨이 올랐습니다!]

현재 레벨은 57.

이민혁은 빠르게 상태 창을 확인했다.

'바로 스탯 포인트를 쓰자.'

올릴 능력치는 이미 정해 났다.

[스탯 포인트 4를 사용하셨습니다.]
[패스 능력치가 4 상승합니다.]
[현재 패스 능력치는 65입니다.]

그동안 부족함을 느꼈던 패스.
이민혁은 패스 능력치에 스탯 포인트를 전부 투자했다.
"오케이, 가 보자."
스탯 포인트를 전부 사용한 이후, 이민혁은 왼쪽 윙어 자리로 뛰어 들어갔다.
오늘 좋은 움직임을 보여 줬지만, 골을 만들지는 못했던 프랑크 리베리가 뛰었던 자리였다.

—이민혁 선수가 프랑크 리베리 선수와 교체되어 들어옵니다! 한국 팬 분들에겐 기다렸던 교체일 수도 있지만, 바이에른 뮌헨의 팬들에겐 의외의 교체로 느껴질 수 있습니다. 프랑크 리베리 선수는 부상에서 돌아왔다는 게 믿기지 않을 만큼 좋은 활약을 보여 줬거든요.
—그만큼 이민혁 선수에 대한 펩 과르디올라 감독의 믿음이 높다는 뜻이기도 하겠죠. 자랑스럽습니다! 부디 우리 이민혁 선수가 큰 부담을 갖지 않고 좋은 활약을 펼치기를 바랍니다!

펩 과르디올라 감독이 준 변화는 다음과 같았다.

4-3-3 전술의 큰 틀은 그대로 가지만, 프랑크 리베리 대신 이민혁이 왼쪽 윙어로 들어갔다.

최전방 스트라이커로 뛰던 토마스 뮐러가 중앙 미드필더로 내려갔고, 마리오 만주키치가 최전방 스트라이커로 교체되어 들어왔다.

만주키치와 교체되어 나온 선수는 바스티안 슈바인슈타이거다.

펩 과르디올라 감독이 이런 변화를 주며 원하는 건 두 가지였다.

마리오 만주키치가 공중볼을 따내서 직접 헤딩골을 넣거나, 동료에게 기회를 만들어 주는 것과.

이민혁이 팀에 활력을 불어 넣고, 프랑크 리베리가 하지 못한 공격포인트를 기록해 주는 것.

─과연 펩 과르디올라 감독의 판단은 바이에른 뮌헨에게 승리를 안겨 줄 것인지, 아니면 패배를 안겨 줄 것인지 궁금해지네요.

같은 시각.

「이민혁, 챔피언스리그 8강전 출전! 공격포인트 기록할까?」

이민혁의 출전 소식에 한국의 반응은 뜨겁게 달아올랐다.

ㄴ이민혁이다! 이민혁 출전한다!!!!!!!!

ㄴㄷㄷ설마 했는데 진짜 나온다고?

ㄴ미친;;;;;; 리베리랑 교체한다고? 이민혁을? 훈련 때 얼마나 잘했다는 거야?

ㄴ솔직히 리베리가 잘하긴 하지만, 오늘은 좀 마무리가 별로였잖아? 근데 이민혁은 마무리 하나는 확실함. 중요한 순간에 집중력이 개쩔어.

ㄴㅋㅋㅋ이왕 나온 거 이민혁이 잘해 줬으면 좋겠네. 맨유 개노잼 경기 또 보기 싫음.

ㄴ맨유 수비만 하는 노잼 축구 솔직히 역겹다, 인정?

ㄴ이민혁이 오늘 잘해서 레전드 썼으면 좋겠다.ㅠㅠ

이처럼 한국 팬들이 이민혁에게 기대하는 건 이상한 일은 아니었다.

분데스리가에서 나올 때마다 좋은 모습을 보여 줬으니까.

어지간하면 공격포인트를 기록했고, 그러지 못한 경기에서도 좋은 움직임을 보여 주긴 했으니까.

하지만, 기대감이 있을 뿐이었지 진짜 잘할 거라는 생각은 크지 않았다. 기대감보단 걱정이 더 컸다.

ㄴ잘했으면 좋겠지만… 맨체스터 유나이티드 상대로 이민혁이 잘할 수 있을까? 난 힘들다고 봄.

ㄴ솔직히 경험이 너무 적음. 이민혁이 리그에서 잘하는 건 알지만, 챔피언스리그에 나왔던 적은 없잖아? 아마 엄청 떨려서 실력

발휘 못 할걸?

　└난 바이에른 뮌헨 팬이고 이민혁도 좋아하는데… 리베리를 뺀 건 개오바임. 이민혁은 아직 이렇게 큰 무대에 나올 준비가 안 됐어.

　└아… 이민혁 요즘 잘 크고 있는데, 이런 경기에서 못하면 멘탈 크게 흔들릴 건데…….

현지 팬들의 반응도 비슷했다.

이민혁을 향해 응원의 환호성을 보내는 팬들도 많았지만.

"뭐? 리베리를 빼고 이민혁을 넣는다고? 펩 과르디올라가 드디어 미친 건가?"

"민혁은 아직 챔피언스리그 경험이 없는 선수잖아? 경험도 부족하고. 이건… 잘못된 판단이지 않을까?"

"오 마이 갓……! 프랑크 리베리를 빼다니……!"

사실상 아직 나이가 어린 이민혁이 실력 발휘를 못 할 거라는 의견이 더 많았다.

그런데.

이민혁은 투입된 지 4분 만에 팬들의 걱정을 시원하게 날려 버렸다.

*　　　　*　　　　*

투욱!

이민혁이 챔피언스리그에서의 첫 터치를 했다.

최전방에서 버티며 공을 지킨 마리오 만주키치의 패스였다.

상황은 좋았다.

여기서 측면을 뚫어 내기만 하면 좋은 기회를 만들 수 있다.

반대로 공을 빼앗기거나 패스를 뒤로 돌린다면 그대로 기회를 놓치게 된다.

'뚫는다.'

이민혁은 당연히 돌파를 선택했다.

드리블에 자신이 없으면 모를까, 자신감이 제대로 올라온 상태였으니까.

휘익!

이민혁이 상체를 크게 흔들었다.

공을 잡자마자 달라붙는 필 존스를 떼어 내기 위한 페인팅이었다.

드리블 능력치가 90인 지금, 이민혁은 공을 자유자재로 다룰 수 있게 됐다. 머릿속에 생각했던 움직임을 어지간하면 그대로 펼쳐 낼 수 있을 정도로.

다만, 필 존스는 쉽게 제쳐지지 않았다. 끈적하게 달라붙었다. 절대 원하는 움직임을 펼치지 못하게 만들어 주겠다는 듯 은근히 팔을 붙잡고, 옷을 잡아당겼다.

가뜩이나 피지컬이 강한 필 존스가 지저분한 반칙까지 섞자, 상당한 압박감이 느껴졌다.

또, 필 존스는 시끄러웠다.

"애송아, 넌 그냥 벤치에 앉아 있었어야 해. 괜히 나와서 망신만 당할 거 아니야?"

"……."

"대답도 하지 못할 정도로 긴장했냐? 아니면 영어를 아예 못하는 멍청한 놈이었냐?"

이민혁이 인상을 찌푸렸다.

제대로 못 알아들은 건 사실이었다. 영어보단 독일어 공부에 집중하고 있었으니까. 그래도 단어 몇 개랑 욕설은 알아들었다.

하지만 이 정도 트래쉬 토크는 흔한 일이다. 익숙했기에 필 존스의 말은 전혀 타격이 없다. 하지만 자꾸 침을 튀기는 건 짜증났다.

'TV에서 본 이미지는 듬직하고 신사 같은 남자인 줄 알았는데, 침이나 튀기는 놈이었냐?'

이민혁이 페인팅의 빈도를 늘렸다. 필 존스를 빨리 떨어뜨려 놓기 위함이었다.

휘익! 획!

하체는 가만히 놔둔 채, 상체만을 오른쪽으로 틀었다가 다시 왼쪽으로 틀었다.

팀 내 연습경기 때, 주전 수비수들한테도 제법 잘 통했던 페인팅이었다.

"웃?!"

움찔! 이번엔 필 존스도 잠깐이지만 중심을 잃었다.

이민혁은 그 틈을 놓치지 않았다.

탓!

필 존스의 골반에 손을 짚고 밀었다. 주심의 눈에 반칙으로 보이지 않을 정도로 강하게. 동시에 땅을 박찼다. 필 존스가 뒤늦게 어깨를 부딪쳐 왔지만, 이미 상체의 반쯤은 빠져나간 상황. 이민혁은 온몸에서 느껴지는 압박감을 이를 악물고 버텨 냈다.

훼엑!

—이민혁이 필 존스의 수비를 뚫어 냅니다! 굉장한 드리블이네요!

필 존스를 뚫어 낸 건 시작에 불과했다. 이민혁은 바이에른 뮌헨 1군에 들어온 이후, 많은 걸 배웠다.

그중 하나는 분데스리가에서 살아남으려면 앞을 내다볼 줄 알아야 한다는 것이었다.

지금도 그랬다.

—이민혁의 움직임이 물 흐르듯 부드럽습니다!

이민혁은 필 존스를 제쳐 낸 이후의 플레이를 계산하고 있었고, 계산대로 움직임을 이어 갔다.

타닷!

빠르게 방향을 틀어 각도를 만들었다.

각도 자체는 아르옌 로번에게 배운 매크로 슈팅을 할 때와 비슷했다.

역시나 맨체스터 유나이티드의 센터백 리오 퍼디난드가 튀어 나왔다. 정상급 수비수가 보여 줄 수 있는 반응이었다.

'그럴 줄 알았어.'

상대 센터백이 튀어나오는 타이밍.

이민혁이 노렸던 타이밍이다. 여기서 이민혁은 반대편에 보이는, 페널티박스 안으로 쇄도하는 동료를 바라보며 다리를 휘둘렀다.

터엉! 오른발 바깥으로 공을 깎아 차는 패스.

빠른 타이밍에 나왔고, 수비수들이 쉽게 예상할 수 없는 패스 였다.

수많은 연습을 거듭해 온 아웃프런트 패스는 이민혁이 원하 는 궤적으로 쏘아졌다.

맨체스터 유나이티드의 수비수 리오 퍼디난드와 네마냐 비디 치는 빠르게 휘어져 들어오는 공을 끊어 내지 못했다.

'로번! 나머지는 당신한테 맡길게요.'

반대편에서 페널티박스로 침투한 아르연 로번, 그는 이민혁이 뿌린 패스를 향해 오른발을 휘둘렀다.

그는 왼발의 스페셜리스트로 알려진 선수지만, 훈련 때는 오 른발로도 괜찮은 결정력을 보여 주는 선수였다.

지금도 그랬다.

아르연 로번은 오른발로 군더더기 없는 슈팅을 때려 내며 맨 체스터 유나이티드의 골 망을 흔들었다.

―고오오오올입니다! 고오오올! 이민혁과 아르연 로번이 동점골 을 만들어 냅니다!

저 멀리서 아르연 로번이 팬들의 환호를 받으며 세리머니를 하고 있다.

"역시 로번이야."

이민혁은 웃으며 아르연 로번을 향해 뛰어들었다.

＊　　　＊　　　＊

우와아아아아!

바이에른 뮌헨의 홈구장 알리안츠 아레나에서 함성이 터져 나왔다.

골을 넣은 아르연 로번을 향한 함성이었다.

"리그 때보다 함성이 더 크네?"

조금 과장하면 고막이 터져 버릴 것 같은 느낌이야. 그렇게 생각하며 이민혁은 자리로 돌아갔다. 팀의 동점골에 기뻐하는 건 이 정도면 충분했다.

'이젠 다른 것에 기뻐할 시간이지.'

이민혁은 자리로 뛰어 들어가며 허공을 바라봤다.

보기만 해도 웃음이 나오는 내용을 담은 메시지들이 보였다.

[퀘스트를 완료하셨습니다!]

[퀘스트 내용: UEFA 챔피언스리그에서 공격포인트를 기록하세요.]

[보상으로 경험치가 대폭 증가합니다.]

[퀘스트를 완료하셨습니다!]
[퀘스트 내용: UEFA 챔피언스리그에서 어시스트를 기록하세요.]
[보상으로 경험치가 대폭 증가합니다.]

[퀘스트를 완료하셨…….]
…….

[레벨이 올랐습니다!]

레벨이 오른 지 이제 겨우 5분이 지났을 뿐인데, 또 레벨업이라니!

역시 챔피언스리그라는 말이 절로 나왔다.

이민혁은 스탯 포인트를 전부 패스에 사용한 뒤 씨익 웃었다.

'벌써 레벨이 58이 됐어.'

레벨이 올랐다는 게 기뻤다.

단순히 레벨이 58이 되었다는 사실이 중요한 게 아니었다.

'레벨이 60이 되면 스킬을 얻겠지?'

60레벨이 얼마 남지 않았다는 것과 스킬을 얻을 날이 얼마 남지 않았다는 게 중요했다.

'이번엔 어떤 스킬일까?'

50레벨에 얻은 '강인한 신체' 스킬의 대단함은 아주 잘 느끼고 있었다. 다른 스킬들 역시 대단했다.

때문에, 레벨이 60이 되었을 때 얻을 스킬이 기대될 수밖에 없었다.

'그러려면 경기에서 이겨야겠지.'

이민혁의 얼굴에 떠 있던 미소가 사라졌다.

더 빠르게 성장하려면 챔피언스리그에 또 출전해야 한다.

물론, 그렇게 되려면 펩 과르디올라 감독과 팬들의 머릿속에 각인시켜야만 한다.

자신이 챔피언스리그에 꼭 필요한 선수라는 것을.

'공격포인트를 하나 더 기록하면 더 좋겠고.'

잠시 후, 후반 81분이 되었을 때.

―이민혁이 뒷공간을 파고듭니다! 이민혁, 빠릅니다!

이민혁은 자신을 확실하게 각인시킬 기회를 얻었다.

*　　　　　*　　　　　*

이민혁이 필 존스의 수비를 뚫어 내는 것으로도 모자라 어시스트를 기록했을 때.

한국의 반응은 실시간으로 달아올랐다.

「이민혁, 챔피언스리그 데뷔전에서 어시스트 기록! 상대는 맨체스터 유나이티드!」

「대한민국의 떠오르는 천재! 이민혁의 패스가 맨체스터 유나이티드를 뚫어 냈다!」

「필 존스를 제친 이민혁의 화려한 돌파! 한국에 이런 드리블을 가진
선수는 존재하지 않았었다!」

이민혁이 어시스트를 기록했다는 기사들이 우후죽순 떠올
랐고, 이민혁을 걱정하던 댓글 창의 분위기도 완전히 바뀌었
다.

└미친!!!!!!!!!! 이민혁 어시스트했어ㅋㅋㅋㅋㅋ 좀 전에 의심했던
거 미안하다…….
└우리 민혁이 의심했던 애들 다 어디 갔는지 궁금하네ㅋㅋㅋㅋ
└이민혁 올해 20살 아님? 기량 실화냐……?
└ㅋㅋㅋㅋ필 존스 추하게 수비하다가 그대로 제껴지는 거 본
사람?ㅋㅋㅋㅋㅋㅋㅋㅋㅋㅋ
└이민혁은 진짜다… 얜 물건이야.
└드리블이 사기임. 해외 기사 보면 아르연 로번한테 축구 강의
받는다던데, 진짜인가 봐. 드리블이 너무 부드럽고 쫀득하자너.
└걍 드리블만 보면 탈한국인임. 스피드도 빠르고. 근데 분데
스리가 본 애들은 알 건데, 패스는 솔직히 별로였거든? 근데 패스
도 연습 오지게 했나 봐. 방금 로번한테 했던 패스 아웃프런트로
한 거 알지?
└아웃프런트로 패스한 거였음?ㄷㄷㄷㄷ 센스도 미쳤네.

이민혁을 걱정하던 한국 팬들은 이젠 이민혁을 찬양했다.

또한, 실시간 해외 반응도 뜨거웠다.

특히 일본의 반응이 가장 뜨거웠다.

ㄴ이민혁 어시! 한국에서 대형 유망주가 나왔다.

ㄴ분하다… 손훈민 말고도 한국에 또 이런 선수가 나오다니…….

ㄴ일본엔 가가와 신지가 있잖아. 손훈민이나 이민혁은 아직 가가와 신지의 레벨에 오르려면 한참 멀었어. 올 수 있을지도 모르고.

ㄴ혹시 맨체스터 유나이티드에서 벤치만 달구고 있는 가가와 신지를 말하는 거야? 이봐, 이민혁은 18세의 나이에 바이에른 뮌헨에서 뛰고 있다고.

ㄴ이민혁이 일본인이었으면 얼마나 좋았을까?

ㄴ가가와 신지는 하루빨리 도르트문트로 돌아가야 해. 맨체스터 유나이티드는 그에게 맞는 팀이 아니야.

ㄴ실력이 맨체스터 유나이티드에 맞지 않는 게 아닐까?

ㄴ닥쳐! 한국인.

ㄴ나 일본인인데……?

ㄴ닥치라고!

같은 시각.

골을 넣은 바이에른 뮌헨은 안정적으로 패스를 돌리며 맨체스터 유나이티드의 빈틈을 찾는 작업을 이어 갔다.

반면, 맨체스터 유나이티드는 앞선 라인에선 거친 플레이로 바이에른 뮌헨의 빌드업을 방해했고, 뒷선에선 잔뜩 늘린 수비 숫자를 이용해 바이에른 뮌헨의 공격을 막아 냈다.

그러나.

경기 종료에 가까워질수록 맨체스터 유나이티드의 수비수들은 체력이 떨어졌다.

현역선수로는 나이가 많은 편인 리오 퍼디난드와 네마냐 비디치는 특히나 지친 모습을 보였다. 움직임이 느려졌고, 판단력이 흐려졌다.

마침내 후반 81분이 되었을 땐, 필립 람이 뿌린 패스가 맨체스터 유나이티드의 수비 뒷공간을 뚫어 냈다.

맨체스터 유나이티드의 오프사이드트랩을 뚫어 내고 파고든 선수는 이민혁이었다.

─이민혁이 뒷공간을 파고듭니다! 이민혁, 빠릅니다!

후반 60분이 넘어서 투입됐기에, 이민혁의 체력은 쌩쌩했다.

특별히 긴장도 하지 않아서 훈련 때 보여 주던 움직임을 그대로 펼칠 수 있었다.

전속력으로 뛰면서 공의 위치를 계속해서 확인했다. 투욱! 날아오는 공을 가슴으로 떨어뜨려 놨다. 공을 드리블하며 시선을 정면으로 향했다. 오늘 미친 컨디션을 보여 준 맨체스터 유나이티드의 골키퍼 다비드 데 헤아가 달려오는 게 보였다. 골키퍼치고 빠른 스피드였다. 거리가 순식간에 가까워졌다.

지금 이 순간, 이민혁은 판단을 내렸다.

다비드 데 헤아를 제치기로.

휘익!

달리던 상태로 다리를 살짝 휘두르자 다비드 데 헤아가 반응했다. 양팔을 넓게 벌리고 다리를 넓게 펼치며 미끄러지듯 덤벼들었다.

만약 그대로 슈팅했다면 저 몸에 공이 걸릴 수도 있었다는 생각이 들었다.

하지만 이민혁의 선택은 다비드 데 헤아를 제치는 것.

슈팅은 페인팅이었고, 그대로 회수한 오른발로 공을 오른쪽 대각선으로 길게 치고 달렸다. 다비드 데 헤아가 필사적으로 팔을 뻗는 게 보였다. 다만, 이민혁이 멀어지는 속도가 더 빨랐다.

우와아아아아아!

커다란 함성이 들렸다. 바이에른 뮌헨을 응원하는 팬들이 보내는 함성이겠지. 다들 조금만 기다려 주세요. 골을 선물해 드릴테니까.

이민혁은 그렇게 생각하며 텅 빈 골대 안으로 공을 밀어 넣었다.

철렁!

맨체스터 유나이티드의 골 망이 흔들렸다.

—들어갔습니다! 대한민국의 이민혁이 챔피언스리그 데뷔전에서 맨체스터 유나이티드를 상대로 골을 넣었습니다! 스코어를 2 대 1로

만드는 귀중한 역전골입니다!

우와아아아아아아악!

함성은 더욱 커졌다. 귀가 먹먹해지고 피부가 저릿해질 정도였다.

이민혁은 양팔을 넓게 펼친 채, 관중들을 향해 달렸다. 함께 호흡할 수 있는 가까운 거리에서 역전골을 넣은 기쁨을 나눌 생각이었다.

하지만 이민혁은 원하는 바를 이루지 못했다.

어느새 달려온 아르연 로번이 이민혁을 바닥으로 끌어들였으니까.

"민혀어어어억! 이 미친 천재 자식!"

"아니… 서서 이야기할 수도 있는데, 왜 넘어뜨려서……."

"닥쳐, 이 천재야! 우아아아아아아악!"

아르연 로번은 잔뜩 흥분한 모양이다. 얼굴이 터질 듯 붉어진 걸 보면 알 수 있었다. 이민혁은 재빨리 몸을 일으키려 했다. 그러나 이것도 성공하지 못했다.

그보다 더 빠르게 몸을 날린 동료들 때문이었다.

바닥에 대자로 뻗은 이민혁의 몸 위로 날아오는 거구들.

그걸 본 이민혁의 얼굴이 멍해졌다.

'꿈인가……?'

분명 꿈에서 봤던 장면이었다.

챔피언스리그에서 골을 넣고 동료들에게 둘러싸이는 그

런 꿈.

'분명 이런 꿈을 꾼 적이 있어.'

그러나, 꿈이 아니라 현실이라는 것을 자각하는 데에는 그리 오랜 시간이 걸리지 않았다.

"커헉!"

거구의 유럽인들에게 짓눌린 고통이 너무 컸으니까.

"다들 비켜요! 이러다 숨 막혀 죽겠어!"

더불어 몸을 짓누르던 동료들이 비키자 메시지들이 보이기 시작했으니까.

[퀘스트를 완료하셨습니다!]
[퀘스트 내용: UEFA 챔피언스리그 데뷔전에서 데뷔골을 기록하세요.]
[보상으로 경험치가 대폭 증가합니다.]

[퀘스트를 완료하셨습니다!]
[퀘스트 내용: UEFA 챔피언스리그 8강에서 골을 기록하세요.]
[보상으로 경험치가 대폭 증가합니다.]

[퀘스트를 완료하셨…….]
…….

대충 세도 10개는 될 듯한 메시지들이 주르륵 떠올랐고, 마지막으로 레벨이 올랐다는 메시지까지 떠올랐다.

[레벨이 올랐습니다!]

지금, 이민혁이 할 말은 하나밖에 없었다.
"…역시 챔피언스리그야."

[스탯 포인트 2를 사용하셨습니다.]
[패스 능력치가 2 상승합니다.]
[현재 패스 능력치는 69입니다.]

패스 능력치는 이제 69가 됐다.

70을 찍지 못한 건 아쉽지만, 그래도 이민혁은 웃을 수 있었다.

맨체스터 유나이티드와의 한 경기에서 엄청난 성장을 이뤄 냈으니까.

챔피언스리그에서, 그것도 홈구장에서 수많은 팬이 지켜보는 가운데 좋은 활약을 펼쳤으니까.

다만, 붕 뜬 마음을 가라앉히려 노력했다.

'끝까지 집중하자.'

아직 경기는 7분 정도가 남았다.

이 정도면 상대가 충분히 골을 넣을 수 있는 시간이다.

더구나 정확히 몇 분이 될지는 모르지만, 추가시간도 주어질 것이다.

그리고.

'상대는 맨체스터 유나이티드야.'

비록 퍼거슨 감독이 없고 베스트 멤버가 아니라고 해도, 오늘 처음 만나 본 맨체스터 유나이티드는 강했다.

특히, 마루앙 펠라이니와 네마냐 비디치를 필두로 한 세트피스 상황에서의 헤더와 기습적으로 펼쳐지는 역습은 정말 날카로웠다.

조심하지 않으면 언제든지 골을 허용할 수 있을 정도로.

이런 생각은 이민혁만 하는 게 아니었다.

주변에서 동료들의 목소리가 들렸다. 체력적으로 지쳐 있기에 잔뜩 갈라진 목소리였다.

"다들 집중해! 힘든 거 알지만, 끝까지 뛰어야만 해!"

팀의 주장이자, 평소에 이민혁을 잘 챙겨 주는 필립 람이 가장 먼저 소리쳤고.

"몇 분 안 남았어! 쟤들은 이제 공격해야 해서 더 힘들 거야!"

아르연 로번도 박수를 쳐 가며 동료들을 다독였다.

다른 동료들도 마찬가지였다. 서로를 다독이며 힘든 것을 잊으려 애썼다.

이런 바이에른 뮌헨을 상대로 맨체스터 유나이티드는 필사적으로 골을 만들기 위한 작업을 펼쳤다.

─맨체스터 유나이티드가 선수를 교체하네요! 오늘 한 골을 넣은 대니 웰벡이 빠지고, 치차리토가 들어옵니다! 어? 애슐리 영도 들어올 준비를 하네요? 라이언 긱스와 교체되어 들어옵니다!

─페널티박스 안에서 좋은 결정력을 보여 주는 치차리토와 발이 빠른 윙어인 애슐리 영을 투입하며 어떻게든 동점을 만들겠다는 의도인 것 같은데요, 과연 바이에른 뮌헨의 수비를 뚫을 수 있을까요?

　공격수를 교체해 가며 필사적으로 골을 노리는 맨체스터 유나이티드.

　하지만 펩 과르디올라 감독은 당해 줄 생각이 없었다.

　그는 기다렸다는 듯, 한 장 남은 교체 카드를 사용하고 전술을 바꿨다.

　─펩 과르디올라 감독이 아르연 로번을 불러들이네요. 단테 선수가 들어오네요? 아~! 이건 수비를 잠그겠다는 뜻인 것 같죠?

　─그렇습니다. 아무래도 단테를 센터백으로 넣고, 오늘 센터백으로 뛴 하비 마르티네스를 수비형 미드필더로 뛰게 할 생각인 것 같네요.

　─그럼 필립 람이 아르연 로번 자리에서 하피냐의 수비를 돕겠군요!

　해설들의 말 그대로였다.

　펩 과르디올라 감독은 단테를 투입하며 수비를 강화했고, 필립 람을 오른쪽 윙어로 올려서 애슐리 영을 투입한 맨체스터 유나이티드의 측면공격을 효과적으로 방해하라고 지시했다.

—애슐리 영이 고군분투하지만 필립 람과 하피냐의 수비를 뚫어 내지 못합니다! 바이에른 뮌헨! 역시 강하네요!

펩 과르디올라 감독의 전술 변화는 제대로 통했다.
추가시간이 끝날 때까지 맨체스터 유나이티드의 공격은 바이에른 뮌헨의 수비를 뚫어 내지 못했고.

삐이이익!

양 팀 모두에게 길게 느껴졌던, 모든 걸 쏟아부은 경기가 끝이 났다.

*   *   *

바이에른 뮌헨과 맨체스터 유나이티드.
양 팀 선수들은 경기장에 드러누워 거친 숨을 몰아쉬었다.
양 팀 모두 바쁜 일정을 소화하며 체력이 떨어진 상태에서 치른 챔피언스리그 8강 1차전이었다.
다리에 쥐가 나서 고통스러워하는 선수도 있었고, 쉬지 않고 물을 마시는 선수도 있었다.
그런데.
역시나 바쁜 일정 가운데 경기를 소화한 이민혁은 바닥에 눕지도, 앉지도 않았다.
그렇다고 체력이 남았냐면 그것도 아니었다.

비록 후반전에 투입됐지만, 그 역시 바쁜 일정을 소화해 왔기에 체력이 떨어져 있었다.

"……."

이민혁은 쉴 생각도 하지 못한 채, 그저 멍하니 서서 허공을 바라봤다.

믿기지 않는 일이 벌어졌기 때문이었다.

[퀘스트를 완료하셨습니다!]
[퀘스트 내용: UEFA 챔피언스리그 8강 1차전에서 승리하세요.]
[보상으로 경험치가 대폭 증가합니다.]

[퀘스트를 완료하셨습니다!]
[퀘스트 내용: UEFA 챔피언스리그 8강 1차전에서 팀의 승리에 중요한 역할을 해내세요.]
[보상으로 경험치가 대폭 증가합니다.]

[퀘스트를 완료하셨…….]
……

눈앞에 떠오른 많은 수의 메시지들.

이것들 때문은 아니었다. 메시지가 뜨는 건 충분히 예상했던 일이었다.

[레벨이 올랐습니다!]

레벨이 오르는 것 역시 어느 정도는 예상했다.

챔피언스리그에서, 그것도 8강에서 승리했으니까.

게다가 무려 1골 1어시스트를 기록했으니까.

"…이건 미쳤어."

이민혁이 이토록 당황하고 놀란 데에는 다른 이유가 있었
다.

마지막으로 떠오른 메시지 때문이었다.

[레벨 60을 달성하셨습니다!]

[스킬이 지급됩니다.]

['양발잡이'를 습득하셨습니다.]

『레벨업 축구황제』 3권에 계속…